Elfriede Hammerl

Von Liebe und Einsamkeit

Erzählungen

K&S

Gedruckt mit freundlicher Unterstützung
durch die Kulturabteilung der Stadt Wien

www.kremayr-scheriau.at

ISBN 978-3-218-01022-1

Schutzumschlaggestaltung: Sophie Gudenus, Wien
unter Verwendung eines Fotos von dreamstime/©Jessamine
Typografische Gestaltung und Satz: Michael Karner, Gloggnitz
Druck und Bindung: Druckerei Theiss GmbH, St. Stefan i. Lavanttal

Inhalt

Für meinen Enkelsohn Vinzent

Nina ohne Geld

—

Georg lernte Nina über eine Internet-Partnerbörse kennen. Sie wechselten ein paar E-Mails, dann trafen sie sich in einer kleinen Bar in der Innenstadt und verliebten sich auf Anhieb ineinander. Wir haben solches Glück gehabt, sagten sie nachher über diesen magischen Moment. Oder die magischen Momente. Nina schwört, dass sie schon beim Betreten der Bar (Georg wartete an der Theke) blitzartig so etwas wie eine Vorahnung hatte. Und Georg erinnert sich an Ninas melodiöses Lachen, das ihn unwiderstehlich zu ihr gezogen habe. Als Georg seinen Blick in Ninas Augen versenkte und nach ihrer bereitwilligen Hand griff, um sie an seinen Mund zu führen, war bereits klar, dass sie einander bald wiedersehen mussten. Wo gibt's denn so was, es hat sofort gefunkt, nie hätte ich gedacht, dass mir das noch einmal passieren würde. So redeten sie, überwältigt von dem Glück, das sie gehabt hatten. Da wusste Georg noch nicht, dass Nina praktisch mittellos war. Aber als er es erfuhr, machte es ihm nichts aus, schließlich hatte er nicht nach einer reichen Frau gesucht.

Nina hatte bei ihrer Scheidung auf jeglichen Unterhalt verzichtet. Das eheliche Haus, das ihrem Mann gehörte, hatte sie bewohnen dürfen, bis das jüngere ihrer zwei Kinder achtzehn war. Inzwischen waren beide Kinder in Wohngemeinschaften gezogen und studierten, ihr Vater kam für ihre Lebenshaltungskosten auf, dazu war er von Gerichts wegen verpflichtet. Für sich hatte Nina eine winzige Einzimmerwohnung gefunden, in der sie jetzt lebte. Sie hatte sie geschmackvoll eingerichtet, mit wenigen Möbeln, die ihr Freundinnen und Freunde geschenkt hatten, und einem Sinn für charmante Details. Sie war begabt im Herbeizaubern einer einnehmenden häuslichen Atmosphäre. Sie hatte kleine, weiche Hände und bewegte sich leichtfüßig, durch ihre Gegenwart gewann die enge Wohnung an Tiefe, man fühlte sich geborgen darin. Georg hielt ihren Puppenhaushalt zunächst für Absicht, er dachte, diese Dimension käme ihrer fröhlichen Bescheidenheit entgegen.

Durchgefüttert wurde Nina von ihrer Mutter, die eine vergleichsweise hohe Witwenrente bezog. Wenn die Mutter einmal starb, würde diese Geldquelle allerdings versiegen. Es existierte kein Erbe, das Nina materielle Sicherheit versprach. Dennoch war Nina zuversichtlich. Ich kann mir nicht vorstellen, dass mich Alex im Stich lassen würde, wenn es mir wirklich schlecht ginge, sagte sie, sobald die Rede auf ihre ungewisse Zukunft kam. Alex hatte sie mit zwei halbwüchsigen Kindern im Stich gelassen und sich nicht gescheut, ihren Unterhaltsverzicht anzunehmen sowie ihr später das Haus zu entziehen. Nichts deutete darauf hin, dass er ein weiches Herz haben würde, wenn es Nina einmal noch schlechter gehen sollte. Aber sie beharrte auf ihrer guten Meinung über ihn.

Ich bin keine Rosenkriegerin, sagte sie zu Georg, als sie sich gerade kennengelernt hatten. Das fand er reizend. Ja, reizend. Nichts passte besser zu Nina mit den weichen Händen, dem weichen Herzen und dem Weltvertrauen eines arglosen Mädchens als das altmodische Wort reizend, dachte Georg. Damals. Heute denkt er sich manchmal: Hätte sie nur einen Rosenkrieg geführt und etwas erstritten, was ihr gehört.

Sie habe Alex nicht wehtun wollen, sagte sie zur Erklärung ihrer Situation. Alex ihr ja auch nicht. Das wisse sie. Sie weiß, wie er wirklich ist. Alex ist ein anständiger Mensch. Sie kennt ihn besser als er sich. Bis heute ist sie stolz darauf, dass sie im Guten auseinandergegangen sind. Das war sie sich und ihrer Ehe schuldig. Und den Kindern. Alex und sie sind nicht gerade befreundet, dazu sehen sie einander zu selten, aber für Nina ist klar, dass sie gute Freunde wären, wenn es die Umstände erforderten. Beziehungsweise möglich machten. Nina hätte nichts dagegen, Alex nach wie vor zu treffen, auch mit seiner neuen Frau, auch mit Georg – also zu viert, sie, Georg, Alex und die neue Frau –, aber irgendwie scheint Alex sich davor zu scheuen. Vielleicht macht es ihn befangen, Nina mit Georg zu sehen. Oder zu wissen, dass sie jetzt zu Georg gehört. Oder die neue Frau hat etwas dagegen. Vielleicht ist sie eifersüchtig.

Wieso, fragte Georg verständnislos, als Nina ihm diese Überlegungen vortrug, wenn ich dich recht verstanden habe, ist *er* doch weggegangen von dir. *Wegen* seiner neuen Frau. Warum sollen die zwei eifersüchtig auf uns sein?

Georg hat, denkt Nina nachsichtig, keine Ahnung von Psychologie. Er kennt die Finten des Herzens nicht. Das macht ihn aber liebenswert, findet sie.

Georg ist 52 und war noch nie verheiratet. Er hat zwei längere Beziehungen und eine vertretbare Anzahl kürzerer Affären hinter sich. Mit seiner letzten Freundin lebte er zehn Jahre zusammen – sozusagen, denn sie hatten ihre getrennten Wohnungen nie aufgegeben. Obwohl sie oft wochenlang miteinander in derselben Wohnung lebten, mal in seiner, mal in ihrer, hatten sie diese Rückzugsmöglichkeit in die eigenen vier Wände beibehalten und machten auch Gebrauch davon. Georg hielt das für den Grund, warum diese Partnerschaft so erstaunlich lang gehalten hatte, Nina hingegen meint, daran sei sie schließlich zerbrochen.

Georg fühlt sich wohl in Ninas kleiner Wohnung, wenn er darin zu Besuch ist, mit Nina dauernd darin leben möchte er nicht. Inzwischen weiß er, dass Nina das auch nicht möchte. Sie möchte mit ihm zusammen eine große Wohnung bewohnen.

Oder ein Haus, wie mit Alex. Aber das Modell der symbiotischen Zweisamkeit ist Georg grundsätzlich fremd. Seine Freundinnen waren immer selbständig. Auch finanziell standen sie auf eigenen Füßen, mit keiner hatte er eine gemeinsame Kasse.

Nina ist nachgiebig und zärtlich. Georg führt sie gern zum Essen aus. Führte, genau genommen. Präteritum. Leider. Er machte ihr oft kleine Geschenke. Er bezahlte die Urlaubsreisen mit ihr. Er fühlte sich großzügig und fürsorglich dabei. Mittlerweile weiß er, dass ihr das nicht genügt. Sie erwartet mehr. Das nimmt ihm die Freude am Großzügigsein. Er sitzt mit ihr im Restaurant, begleicht die Rechnung und denkt sich, warum musste es ausgerechnet das Filetsteak für sie sein, schaut sie eigentlich nie auf die Preise? Dabei ist ihm klar, dass sie ihn, obwohl er widerspruchslos für Filetsteaks blecht, für knausrig hält, weil er sie weiterhin in ihrer Puppenwohnung sitzen lässt und sich nicht zuständig fühlt für die Finanzierung ihres alltäglichen Lebens. Früher kaufte er ihr gelegentlich schöne Kleidungsstücke, ein teures Abendkleid, weil sie so gerne auf einen Ball gehen wollte, oder einen Kaschmirpullover, oder kostspielige Schals, aber langsam vergeht ihm die Lust dazu. Vielleicht würde sie ja im Restaurant mehr auf die Preise achten, wenn er ihr das Gefühl gäbe, dass sein Geld auch ihres ist, dass sie also auch in ihrem Interesse spart, wenn sie spart, vielleicht würde sie sogar den Ehrgeiz entwickeln, ihn durch umsichtiges Wirtschaften zu beeindrucken, aber Georg will sich ihre Kooperation nicht erkaufen, indem er sich ihr finanziell ausliefert.

Ist die Liebe ein Geschäft? Nein, findet Georg und hält es für sein gutes Recht, sein gutes Geld im Wesentlichen für sich zu behalten. Nein, sagt auch Nina und meint damit, wenn Georg sie liebte, würde er ihr sein Geld nicht vorenthalten, weil es angesichts seiner Liebe zu ihr keine Bedeutung für ihn hätte. Nina ist romantisch, sie hat keine Ahnung vom richtigen Leben und dass darin alles seinen Preis hat, und dass man in Schwierigkeiten kommt, wenn man ihn nicht zahlen kann, in ihrer Vorstellung gibt es immer irgendwo irgendjemanden, der einen notfalls schon retten wird. Diese ungewohnte Weltfremdheit hat Georg anfangs verzaubert und gerührt, aber da wusste er noch nicht, dass er der Retter sein sollte.

Nina lebt von den Zuschüssen ihrer Mutter und von gelegentlichen Übersetzungsarbeiten (sie hat Italienisch und Spanisch studiert). Aber große Sprünge kann sie damit nicht machen. Als sie mit Alex verheiratet war, ging sie keinem Beruf nach, sie führte den Haushalt und kümmerte sich um die Kinder. Ihr Hausfrauenlos war komfortabel, Alex verdiente gut, es gab eine Putzfrau, die zweimal in der Woche kam, und ein zeitweilig verfügbares männliches Faktotum für Garten- und Reparaturarbeiten. Nina verstand sich als diejenige, die Alex den Rücken freihielt, damit er Karriere machen konnte, ohne durch Ärger mit den Kindern oder häuslichen Kleinkram irritiert zu werden. Haushaltsmanagerin sei sie gewesen, sagt Nina, nicht ohne Stolz. Als sie geschieden wurde, war sie in einem Alter, in dem es nahezu unmöglich ist, beruflich noch einmal durchzustarten. Wenn sie darauf bestanden und sich eine gute Anwältin genommen hätte, wäre Alex wahrscheinlich verpflichtet worden, ihr monatlich ausreichend Geld zu überweisen und ihr auch einen fairen Anteil an Haus und Grund abzutreten, schließlich war beides ehelicher Zugewinn. Doch statt dessen warf sie sich bildlich gesprochen auf den Rücken wie ein Hund, ging in Demutshaltung, verlangte nichts und entsagte allem, sei es, um an Alex' gutes Herz zu appellieren oder womöglich in der hirnrissigen Hoffnung, Alex würde angesichts ihrer Selbstlosigkeit erneut in Liebe zu ihr entflammen. Alex blieb jedoch kalt und streifte kalten Herzens ein, was er kriegen konnte.

Wenn sie Haushaltsmanagerin war, warum hat sie sich dann nicht wenigstens einen Abfertigungsanspruch zugestanden?, fragt sich Georg, aber er fragt nur sich und nicht sie, weil er sie nicht kränken will und der Karren ohnehin verfahren ist.

Alles hat seinen Preis, sagte auch Eva, Georgs Ex, als er ihr von Ninas Fürsorglichkeit und ihren häuslichen Talenten vorschwärmte. So eine Vollzeithausfrau ist natürlich bequem, sagte Eva, aber sie kostet, da muss der Mann löhnen, wahrscheinlich ist ihr Geschiedener zu hohen Unterhaltszahlungen verdonnert worden, das arme Schwein. Und lachend fügte sie hinzu: Anscheinend bist du auf die Butterseite gefallen, du kriegst jetzt den Service, für den ein anderer blecht. Ihr Lachen klang gekünstelt. Georg erwiderte nichts.

Bei sich dachte er, dass sie vielleicht recht hatte. Möglicherweise war er Nina etwas schuldig für ihre Anschmiegsamkeit, ihre Sorge um sein Wohlergehen, ihre Rücksichtnahme auf seine Zeitpläne, aber wenn er weiter überlegte, kam er zu dem Schluss, dass er eigentlich sehr gut ohne eine Geisha leben konnte.

Nicht ohne Nina. Doch ohne diese demonstrative Aufmerksamkeit, in die er eingewickelt wurde wie in ein Laken, das ihn hinderte, sich frei zu bewegen. Die Vorstellung, Nina nicht mehr zu sehen, zu fühlen, zu hören, schmerzte, aber er wäre, dachte er jedenfalls, sehr gut mit ihr zurechtgekommen, wenn sie ihn weniger nachdrücklich in den Mittelpunkt ihres Lebens und ihrer Erwartungen gestellt hätte.

Er hatte keine reiche Frau gesucht, das stimmte, doch eine arme war ein Problem, so viel wurde ihm mehr und mehr klar. Ninas Mittellosigkeit hatte ihn nicht erschreckt, solange er meinte, dass sie ihn im Grunde nichts anging. Georgs Vorstellung von annehmbarer Mittellosigkeit war an einen diskreten Umgang der mittellosen Person mit ihrem Status geknüpft. Irgendwie war ihm vorgeschwebt, Ninas Mittellosigkeit wäre eine elegante, unauffällige, und es würde ihm hoch angerechnet werden, wenn er sie taktvoll überging. Seit Nina ihn jedoch verpflichten will, sie aus ihrer finanziellen Misere zu erlösen, ist er irritiert.

Und jetzt die Sache mit dem Auto. Alex hat den Kindern den alten Golf seiner Frau geschenkt, weigert sich jedoch, notwendige Reparaturen zu bezahlen. Nina findet das kleinlich und lächerlich, wenn sie könnte, würde sie die Kosten übernehmen, ohne ein Wort darüber zu verlieren. Aber leider: Sie hat kein Geld.

Brauchen die Kinder denn ein Auto?, fragt Georg.

Nina hält die Frage für einen Scherz.

Nein, wirklich, sagt Georg. Sie wohnen doch in der Stadt. Immer mehr junge Leute in den Städten verzichten auf ein eigenes Auto, der öffentliche Verkehr ist doch prima ausgebaut.

Du wohnst auch in der Stadt, sagt Nina. Verzichtest du auf ein Auto?

Wenn ich es mir nicht leisten könnte, würde ich darauf verzichten, erwidert Georg.

An Ninas Gesichtsausdruck merkt er, dass er gerade etwas unglaublich Rohes gesagt hat.

Nina fängt sich und schlägt einen beiläufigen Ton an. Ich verstehe ja nicht, sagt sie, weshalb er ihnen den alten Golf gegeben hat. Ich meine, der ist nun wirklich uralt. Inzwischen hat Claudia den zweiten BMW. Da hätten sie den ersten doch an die Kinder abtreten können.

Warum redest du nicht mit Alex?, fragt Georg.

Nina zieht die Schultern zusammen, als fröstle sie. Dann sagt sie: Nein, lieber nicht. Ich will ja, dass die Kinder weiterhin ein gutes Verhältnis zu ihm haben.

Gutes Verhältnis?, wiederholt Georg. Aber ein erneuter Blick auf Ninas Gesicht lässt ihn innehalten. Er führt die Frage nicht weiter aus.

In dieser Nacht würde Nina ihn mit Beischlafverweigerung bestrafen, vermutet Georg, wenn er nicht von selber lustlos von ihr abrücken würde.

Sie waren in Kapstadt, Georg hatte geschäftlich dort zu tun. Für den Flug tauschte er sein Business-Ticket gegen zwei Plätze in der Holzklasse, sie saßen zusammengepfercht, aber Nina beklagte sich nicht. In Kapstadt wohnten sie in einer romantischen, kleinen Pension, die von einer schönen Inderin geführt wurde. Sie fuhren auf den Tafelberg und auf den Lion's Head und ans Kap der Guten Hoffnung. Georg fotografierte Nina vor dem Wegweiser, der die Richtung zum Südpol zeigt. Nina war fröhlich und aufgeregt, wie ein Kind, dem man etwas Schönes schenkt. Aus einem ihrer Gespräche mit der Pensionswirtin erfuhr Georg dann, dass sie nicht zum ersten Mal in Kapstadt war. Sie sei mit ihrem geschiedenen Mann hier gewesen, erzählte Nina der schönen Inderin, damals habe sie einem Hotel direkt am Meer gewohnt, im zehnten Stock, wenn man aus den Fenstern schaute, habe man gesehen, wie die Wogen des Ozeans dramatisch heranrollten und sich am Ufer brachen, diesen Anblick habe sie nie vergessen.

Warum hast du mir nicht gesagt, dass du schon einmal in Kapstadt warst?, fragte Georg. Nina lächelte verlegen. Ich hab mir gedacht, das ist nicht so wichtig.

Ihr habt in einem dieser Fünf-Sterne-Luxuskästen gewohnt, richtig?, fragte Georg. Und bestimmt seid ihr Business geflogen?

Georg konnte Ninas Gesichtsausdruck nicht deuten, es lag Betretenheit darin, aber auch ein leiser Triumph. Bei Langstreckenflügen hat Alex immer Business gebucht, sagte sie, er hatte Angst vor Thrombosen.

Nina hat sich angewöhnt, in Gesellschaft auf ihrem neuen Lieblingsthema herumzureiten: wie der Staat mit Müttern umgeht. Wir ziehen Kinder groß, sagt sie, wir erziehen sie zu ordentlichen Menschen, aber was haben wir davon? Nichts. Wir werden missachtet. Wir kriegen kein Gehalt und wir haben keinen Rentenanspruch. Wir stehen da mit leeren Händen. Manchmal denke ich mir, ich hätte egoistischer sein sollen. Karriere machen, statt mich um die Kinder zu kümmern. Dann ginge es mir heute besser.

Georg zieht den Kopf ein. Wenn sie sagt, dass es ihr schlecht geht, stellen sich die anderen bestimmt die Frage, warum er nichts dagegen tut. Aber gleichzeitig denkt er sich: Es waren nicht meine Kinder, die du großgezogen hast. Du hast nicht für mich auf eine Karriere verzichtet. (Was für eine Karriere wäre das überhaupt gewesen?) Ich bin dir nichts schuldig.

Nicht alle, die zuhören, spenden Nina Beifall. Du bist für ein Müttergehalt?, fragt Bettina, die als Anwältin arbeitet. Im Ernst?

Ja, sagt Nina tapfer.

Und wer soll das bezahlen?

Der Staat.

Na ja, das tut er doch. Es gibt staatliches Kindergeld.

Ich meine keine lächerlichen Almosen. Ich meine ein richtiges, echtes Gehalt, von dem man leben kann. Und später eine ordentliche Rente.

Was ist mit berufstätigen Müttern? Sollen die das auch kriegen?

Die brauchen das nicht.

Ist das nicht ungerecht?

Wieso? Das war deren Entscheidung.

Georg mischt sich nicht ein. Muss er auch nicht. Denn Bettina stellt die Frage, die er gern stellen würde: Und was ist mit den Vätern?

Was soll mit den Vätern sein?, fragt Nina zurück. Und fügt hinzu: Meinst du, ich hätte meinen Mann abzocken sollen?

Ich würde es nicht abzocken nennen, sagt Bettina.

Nenne es, wie du willst, sagt Nina. Ich hätte das unfair gefunden. Ich bin nicht rachsüchtig.

Dabei geht es doch nicht um Rache, ruft Bettina, lauter als nötig.

Nina erhebt sich vom Tisch. Du verstehst das nicht, sagt sie zu Bettina. Ich bin nicht wie du. Aber vielleicht ist das ja ein Fehler.

Sie lacht hilflos auf, dann verschwindet sie ins Badezimmer. Als sie zurückkommt, sieht sie irgendwie verweint aus. Nicht verheult, nicht rotnäsig, sondern auf eine dezente, attraktive Art verweint.

Bettinas Freund Christian schaut betreten, und er und Bettina verabschieden sich früh.

Warum liebe ich dich bloß?, fragt Georg zärtlich. Kannst du mir das sagen? Sie liegen im Bett, und er umfasst mit beiden Händen ihre kleinen, festen Brüste, um sie nacheinander zu küssen.

Nina lacht ihr melodiöses Lachen, in das er sich als erstes verliebt hat.

Und während er ihre Brüste küsst, merkt er, dass seine Frage kein rhetorisches Geplänkel war, sondern ehrlich gemeint. Warum liebt er sie wirklich?

Ninas sexuelle Erfahrungen halten sich in Grenzen. Sie hatte einen Freund vor Alex, dann Alex, danach zwei kurze Affären (nicht weiter bedeutsam, Versuchsballons sozusagen, die gleich platzten), und jetzt hat sie Georg.

Alex war ein erregender Liebhaber. Wenn er auf Dienstreise war, freute sie sich auf den Sex nach seiner Rückkehr. Darauf freute sie sich fast mehr als auf das häusliche Beisammensein mit ihm, in das er Unrast und Geistesabwesenheit trug.

Heute weiß sie, dass seine diesbezüglichen Talente nicht nur ihr zugute kamen, und das nimmt der Erinnerung an die erotischen Höhepunkte mit ihm ein wenig Glanz. Aber damals lieferte sie sich ihm mit Leib und Seele aus und war glücklich, wenn er sie berührte.

Vertrauen, das ist es, worauf es ihr ankommt. Sie möchte sich einem Mann anvertrauen können. Alex war ihr vielleicht sexuell nie treu, aber ehe er sie stehenließ, fühlte sie sich bei ihm geborgen. Solange es mit ihm gut ging, erfüllte er alle Ansprüche, die sie an eine Partnerschaft stellt. Deshalb gab sie sich ihm freudig hin (sie denkt nach, ob sie dieses Wort wirklich verwenden möchte, aber, ja, es stimmt, freudig ist der passende Ausduck), und darum war die körperliche Liebe mit ihm so schön. Sie braucht das Gefühl, sich einem Mann vorbehaltlos überlassen zu können. Alex hat sie in dieser Hinsicht nicht enttäuscht, bevor er sie dann doch enttäuschte. Er sorgte für sie und die Kinder, sie war in Sicherheit bei ihm und mit ihm, das war das, was sie wollte und sich wünschte. Dass die Sicherheit ein Ablaufdatum hatte, wusste sie ja nicht, deshalb war ihr Glück mit Alex ungetrübt, solange sie mit ihm lebte und das Bett mit ihm teilte. Jedenfalls kommt es ihr heute so vor. Die Zeit mit Alex erscheint ihr im Nachhinein wie ein kompaktes Stück perfekten Lebens, ein Schatz, der in ihrer Vergangenheit gut aufbewahrt ist und den ihr niemand nehmen kann. Sie hat einfach keine Lust, und dazu steht sie, diesen Schatz zu beschädigen, schäbig zu reden hinterher, indem sie die Zeit mit Alex auf Zeichen des Verrats absucht, und in Lebensphasen, die ihr geglückt erschienen, bereits die Ankündigung des späteren Endes entdeckt. Für sie hat ein rätselhafter Schicksalsschlag Alex von ihrer Seite gerissen, nicht ein letztlich unsteter Charakter, nicht Claudia, sondern eine höhere Macht, die ihn – gegen seinen Willen – verwandelt, ihm seine Liebe zu ihr genommen hat, ohne dass er etwas dagegen tun konnte. Es ist fast so, als wäre Alex gestorben, der Alex, den sie gekannt und der sie geliebt hat. Hätte sie mit einem Toten um Geld und Gut streiten sollen? Wenn sie Alex nicht behalten konnte, dann wollte sie auch sonst nichts von ihm festhalten, nicht das Haus, nicht die Möbel, nichts davon hätte ihn ihr zurückgegeben, und monatliche Unterhaltszahlungen von ihm wären Geld von einem Fremden gewesen, der *ihren* Alex aus ihrem Leben entfernt hatte. Der Fremde hätte ihr ihren Alex abgekauft mit seinem Geld, er hätte bezahlt dafür, dass er jetzt an Alex' Stelle auf der Welt war, und sie hätte dieser Ablöse zustimmen müssen, wenn sie das Geld genommen hätte, es wäre ihr wie Hohn vorgekommen.

Als sie Georg kennenlernte, war sie ihrem Schicksal aufrichtig dankbar für diese neue Chance. Georg war natürlich kein zweiter Alex, das war klar und auch nicht nötig, anfangs fand sie sogar, dass Georg besser aussah als Alex (der ziemlich attraktiv war und ist), und dass es mit ihm unterhaltsamer war als mit Alex, der sich in Gedanken viel zu oft in seiner Firma aufgehalten hatte. Vertrauensvoll hatte sie sich an Georg angeschlossen, bereit, sich ihm rückhaltlos zu überantworten. Was nicht hieß, dass sie nicht ebenfalls ihren Teil beitragen wollte zu ihrer Verbindung, in der sie die Verschmelzung zweier Leben zu einem einzigen sah. Sie war entschlossen gewesen, seine Sorgen zu den ihren zu machen. Sie war willens, seine familiären Pflichten mit ihm zu teilen. Sie lud seine Schwester zum Essen ein und bot an, sich um seine alte Mutter zu kümmern. Es stellte sich heraus, dass seine Mutter es vorzog, Bridge zu spielen oder mit Freundinnen zu reisen. Georgs Schwester kam einmal, sprach keine Gegeneinladung aus und war danach immerzu derart beschäftigt, dass man sich nichts mehr mit ihr ausmachen konnte. Georg sagte, seine Schwester und er gingen schon lang getrennte Wege, sie hätten einander einfach nichts zu sagen. Umgekehrt ist Georg an Ninas Kindern nur marginal interessiert. Auch ihre Mutter lässt ihn gleichgültig, er sieht ein, dass Nina ihr Aufmerksamkeit schuldet, hat aber wenig Lust, sie mit Nina zu besuchen oder bei den wöchentlichen Mutter-Tochter-Essen dabei zu sein. Dabei sucht Ninas Mutter gute Restaurants dafür aus und übernimmt selbstverständlich immer die Rechnung. Sie ist eine eifrige Leserin von Gastro-Kolumnen und geht gern in Lokale, die von den Küchenkritikern gerade gehypt werden. Manchmal denkt Nina flüchtig, wenn ihre Mutter nicht immer die Neigung gehabt hätte, auf großem Fuß zu leben, dann hätte sie jetzt was zu vererben, aber noch in derselben Minute verbietet sie sich solche Überlegungen. Nein, sie gönnt ihrer Mutter jeden Lebensstil, der sie glücklich macht, wirklich.

Georg will Ninas und sein Leben nicht zu einem verschmelzen, im Gegenteil, je mehr Nina sich nach Gemeinsamkeit sehnt, desto nachdrücklicher besteht er auf Verschiedenheit.

Und, ja, die Sache mit dem Geld. Für Nina ist eine gemeinsame Kasse mehr als ein Konto, auf das beide Zugriff haben, ihr beweist es, dass ihr Partner zu ihr steht. Würde es beweisen. Denn Georg denkt leider nicht daran, ihr irgendeine Art von selbstverständlichem finanziellem Rückhalt anzubieten. Wenn sie ins Theater gehen, dann nimmt er immer teure Sitze. Er bestellt im Internet und teilt ihr dann mit, welche Plätze er in welcher Preiskategorie erworben hat, und es hört sich jedesmal so an, als erwarte er, dass sie versucht, ihm das Geld für ihre Karte zu geben. Wenn er wirklich davon ausgehen würde, dass sie ihre Theaterkarte selber zahlt, müsste er sie dann nicht wenigstens fragen, welcher Preis ihr recht wäre? Er fragt nicht, für ihn ist klar, dass er sich einen guten Platz gönnt, koste er, was er wolle. Und wenn Nina dann die kleine Pause nicht nützt, die er macht, nachdem er ihr gesagt hat, wo sie wie teuer sitzen werden, fügt er hinzu: Du bist selbstverständlich eingeladen. Doch er sagt es – im Gönnerton –, weil es eben keineswegs selbstverständlich ist.

Er setzt voraus, dass Nina mithält mit ihm und seinen Konsumgewohnheiten, aber er muss sich offenbar immer wieder selbst daran erinnern, dass sie das nur kann, wenn er ihr unter die Arme greift. Und wie es scheint, erfüllt ihn das immer mehr mit Missmut, jedesmal, wenn er sich erinnert, wird er noch griesgrämiger.

Nina ist die Unbefangenheit verlorengegangen, mit der sie Georg ihren Körper früher ausgeliefert hat. Nina möchte sich ausliefern, wahre Leidenschaft ohne temporäre Selbstaufgabe ist ihr nicht vorstellbar. Aber wie kann sie das, wenn sie das Gefühl hat, dem anderen als Mühlstein um den Hals zu hängen? Wer als Last empfunden wird, muss sich davor schützen, abgeworfen zu werden. Nina schützt sich inzwischen vor Georg. Sie schläft mit ihm, weil sie glaubt, dass sie ihm das schuldig ist. Wenigstens das. (So denkt er, stellt sie sich vor.) Aber sie empfindet immer weniger Lust dabei. Es kommt ihr langsam vor, als prostituiere sie sich, wenn sie mit ihm schläft, und wofür? Für Theaterkarten, ein Abendessen, ein Wochenende in Grado.

Wäre sie wirklich die Goldgräberin, als die Georg sie anscheinend sieht, hätte sie sich längst auf die Suche nach einem freigiebigeren Typ gemacht. Das Internet ist voller Angebote, man kann wählen wie in einem Supermarkt mit gut gefüllten Regalen. Obwohl – die Big Spender machen wahrscheinlich einen eher kleinen Teil des Sortiments aus. Und Nina gibt sich keinen Illusionen über die Anforderungen hin, die potenzielle Sugar Daddys an mögliche Gespielinnen stellen. Die erste und wichtigste lautet: Jugend. Damit kann sie nicht punkten. Nina ist nicht mehr in einem Alter, das ihr die Option eröffnet, als vorzeigbare Begleiterin eines Societylöwen zu fungieren. Aber trotzdem: Wäre sie bloß auf Versorgung aus, würde sie sich nach einem eventuellen Versorger umschauen. Er müsste ja kein Societylöwe sein. Vor Ninas geistigem Auge taucht kurz die Vorstellung von einem väterlichen Herrn in biederem Anzug auf, verwitwet nach langer, seriöser Ehe, dankbar für Zuwendung und bereit, eine angenehme Gesellschafterin an seinem vielleicht nicht berauschenden, aber soliden Wohlstand teilhaben zu lassen.

Doch sie liebt ja Georg. Liebt sie Georg?

Sie sitzen in einem Café bei einem Glas Rotwein. Georg hat angekündigt, dass er zu Hause schlafen wird, er muss morgen sehr früh aufbrechen und will Nina nicht stören. Wenn er *zu Hause* sagt, meint er seine Wohnung. Nina hat sich daran gewöhnt. Anfangs hat sie gehofft, dass er einmal, wenn er *zu Hause* sagt, ein Zuhause meinen wird, in dem auch sie daheim ist, aber inzwischen weiß sie, diese Hoffnung wird sich nie erfüllen. Sie dreht ihr Rotweinglas in den Händen und sagt unvermittelt: Ach, übrigens habe ich Martin getroffen.

Martin?, fragt Georg verständnislos.

Ja, meinen Jugendfreund. Ich hab dir doch von ihm erzählt.

Nicht dass ich wüsste.

Wirklich nicht?, fragt Nina. Und fügt hinzu: Na ja, schon möglich. So wichtig war er ja auch nicht.

Was heißt, du hast ihn getroffen?

Zufällig. Im Supermarkt. Nach ... Ach, ich mag gar nicht nachrechnen, nach wie vielen Jahren. Es ist eine Ewigkeit her. Und plötzlich steht er vor mir. Am helllichten Vormittag. Komisch, nicht?

Am Vormittag? Im Supermarkt?

Ja, wieso?

Ein Mann mit Tagesfreizeit?

Nein, eigentlich nicht. Er ist ... Anwalt.

In einer bekannten Kanzlei?

Keine Ahnung.

Wie heißt er denn – Martin und wie noch?

Nina schaut an Georg vorbei auf eine Wand, an der ein Plakat für ein Konzert wirbt, das längst stattgefunden hat. Das Café, in dem sie sitzen, versteht sich immer noch als Künstlertreffpunkt, obwohl seit Langem kaum noch Künstler darin verkehren.

Seliger, sagt sie.

Martin Seliger? Nie gehört.

Du kannst ja auch nicht von allen Anwälten gehört haben.

Also, die bedeutenden kennt man.

Dann ist er eben unbedeutend, sagt sie mit einem charmanten Lächeln.

Sie hofft, dass er sich nicht umdreht. Das Konzertplakat an der Wand hinter ihm kündigt einen Pianisten namens Robert Seliger an. Auf die Frage nach Martins Nachnamen war sie nicht gefasst gewesen. Warum hat sie nicht einfach Meier gesagt? Weil sie auf das ganze Gespräch nicht gefasst gewesen ist. Der erste Satz ist ihr irgendwie passiert, sie weiß selbst nicht, warum. Plötzlich hat sie ihn von sich gegeben, selber überrascht, als sie sich reden hörte, der Satz hat sie überrumpelt, ehe sie nachdenken konnte, wohin er sie führen würde.

Was für eine Art von Jugendfreund?, fragt Georg leichthin, nebenbei, im Konversationston.

Sie überlegt kurz, dann entschließt sie sich zu der Auskunft: Wir hatten eine sehr keusche Beziehung.

Warum?

Wir waren halbe Kinder.

Und weiter?

Was, weiter?

Na ja, er steht plötzlich vor dir – und was war dann? Wieso hat er dich eigentlich erkannt, nach so langer Zeit?

Er sagt, weil ich immer noch so aussehe wie damals, erwidert Nina mit bescheidenem Stolz.

Da hat er sicher recht. Und er? Gleichfalls unverändert? Oder ein dicker Sack mit Glatze? (Die Haare zu verlieren ist eine von Georgs Schreckensvorstellungen.)

Nein. Er ist eigentlich viel fescher als früher. Männlicher. Ich meine, er war nie unattraktiv. Aber damals war er ... na ja, unfertig.

Georg lehnt sich zurück. So, so, sagt er leichthin, du hast also einen feschen Anwalt getroffen, mit dem dich eine, sagen wir: Jugendfreundschaft verbindet. Muss ich eifersüchtig sein?

Sie dreht wieder ihr Weinglas hin und her und blickt kurz zu Boden, so, als müsse sie sich sammeln, um eine Unwahrheit auszusprechen. Selbstverständlich nicht, sagt sie dann und lächelt ihn ein bisschen zu strahlend an.

Georg weiß nicht, was er von diesem Martin halten soll, den Nina überraschend aus dem Ärmel gezogen hat wie ein Ass. Geschieden, nach ihren Angaben, kinderlos, erfolgreich als Wirtschaftsanwalt, breitschultrig, gutaussehend.

Ist er groß? Oder einer von diesen gutaussehenden Napoleons?

Nein, groß. Mindestens deine Größe.

Reich?

Nina zuckt die Achseln. Arm ist er sicher nicht. Es scheint ihm sehr gut zu gehen.

Sie war, erzählt sie, mit Martin Kaffee trinken. In alter Freundschaft. Georg hätte mitkommen können, aber er musste ja am Donnerstag nach Mailand.

War er in dich verliebt? Damals?

Sie bejaht. Georg hält es für möglich, dass sie ihm bloß einen Rivalen präsentiert, um ihn auf Touren zu bringen. Er hat keine Lust, auf diesen ältesten aller Tricks hereinzufallen. Vielleicht ist Martin ja in Wahrheit ein schwabbeliger Kerl mit Geheimratsecken, der in einer Anwaltskanzlei die Akten hin- und hertragen darf. Vielleicht aber auch nicht. Verdammt.

Was stellt sie sich vor? Soll er sie heiraten, damit sie ihm kein anderer wegschnappt?

Vielleicht sollte er sie ziehen lassen, wenn sie endlich einen gefunden hat, der ihr bietet, was er ihr nicht bieten will. Der Gedanke tut ihm weh, er weiß nur nicht, ob aus Liebe, oder weil sein Stolz sich dagegen sträubt.

Martins Name fällt in den nächsten Tagen kein einziges Mal, das macht Georg unruhig.

Wie geht es deinem Freund Martin?, fragt er nach einer Woche lauernd und hofft, dass sie erwidern wird, sie habe keine Ahnung.

Aber sie sagt: Gut.

Habt ihr euch wieder getroffen?

Nein, telefoniert.

Ah ja?

Er hat mich ein paarmal angerufen. Nur so. Zum Tratschen.

Er denkt blitzschnell nach, wie oft sie in der letzten Zeit in seiner Gegenwart einen Anruf abgewürgt hat. *Ich kann jetzt nicht. Ich melde mich später.*

Früher waren es ihre Mutter oder weibliche Bekannte, die sie so in die Warteschleife verschoben hat. Aber jetzt?

Wir könnten ihn ja einmal gemeinsam treffen. Vielleicht finde ich ihn auch sympathisch, sagt Georg entschlossen.

Ja, gute Idee, erwidert Nina. Es klingt wenig begeistert.

Sie vereinbaren ein Treffen. Das heißt, Nina vereinbart es. Georg schlägt ein Datum vor, Nina sagt, sie wird Martin fragen, ob es ihm auch passe, dann richtet sie Georg aus, Martin könne an diesem Abend nicht, aber er habe einen Gegenvorschlag. Nachdem das ein paarmal so hin und her gegangen ist, finden sie schließlich einen Tag, den alle für geeignet halten. Sie legen Lokal und Uhrzeit fest, Georg lässt einen Tisch reservieren. Einen Tag vor dem vereinbarten Termin hat Nina eine Nachricht für Georg: Martin lasse sich entschuldigen, es tue ihm wahnsinnig leid, aber müsse überraschend und dringend nach Liechtenstein, er habe einen wichtigen Klienten dort, dessen Wünsche der Kanzlei Befehl seien.

Georg ist sauer, erklärt sich jedoch bereit, einen Ersatztermin zu akzeptieren.

Nina sagt etwas verlegen, Martin habe ihr mitgeteilt, er habe in der nächsten Zeit beim besten Willen keine Termine frei.

Liegt's an mir?, fragt Georg. Will er mich nicht sehen?

Kann sein, erwidert Nina. Und fügt hinzu: Ganz ehrlich, ja. Ich glaube, er ist, na ja, sowas wie eifersüchtig.

Läuft da was zwischen euch?

Nein. Nicht, was mich betrifft. Auf seine Gefühle habe ich keinen Einfluss.

Und wie wirst du seine Gefühle in Zukunft handhaben?, fragt Georg sarkastisch.

Was meinst du?

Was wohl? Wirst du dir was anfangen mit ihm? Ich wüsste es ganz gern. Nur so.

Georg, sagt Nina eindringlich, ich hab dir doch gerade gesagt, seine Gefühle sind einseitig. Oder nicht?

Aber du wirst weiterhin mit ihm ... tratschen? (*Tratschen* mit ironischer Betonung.)

Nina lächelt ein missbilligendes Lächeln. Georg, sagt sie, was wird das? Bin ich zur Haremsdame geworden? Kein Kontakt mit anderen Männern, nicht einmal ein harmloses Gespräch?

Schlechter Vergleich, sagt Georg. Wie es ausschaut, geht es hier nicht um Polygamie, sondern um Polyandrie. Vielmännerei, auf Deutsch.

Du musst mir Polyandrie nicht übersetzen, sagt Nina kühl.

Nina findet, Martin war ein wirklich guter Einfall. Viel besser als vor ein Auto zu laufen, damit Georg schluchzend an ihrem Krankenbett zusammenbricht und sie beschwört, ihn nicht in Richtung Himmel zu verlassen.

Georg muss für eine Woche nach New York und bietet Nina an, ihn zu begleiten. Nina seufzt. Gerade habe sie einen Übersetzungsauftrag erhalten, ein spanisches Sachbuch über urbanes Gärtnern, wenn sie nicht sofort mit der Arbeit beginne, könne sie den Liefertermin nicht einhalten. Schade, wirklich.

Sie schaut wehmütig und tapfer zugleich, das Tapfere in ihrem Gesichtsausdruck erinnert Georg daran, dass sie es sich nicht leisten kann, auf einen noch so bescheidenen Auftrag zu verzichten.

Er gibt seinem Herzen einen Stoß und fragt sie, wie hoch ihr Honorar fürs urbane Gärtnern ist. Was wäre, wenn er ihr den Verdienstausfall ersetzt und sie mitkommt?

Lieber nicht, antwortet sie, wenn sie sich unverlässlich zeigt, kriegt sie keine weiteren Aufträge mehr.

Er fliegt allein. Sei schön brav, sagt er scherzhaft zum Abschied.

Sie lächelt. Das muss ich, sagt sie, ich arbeite doch.

In New York wird Georg von abstoßenden Fantasien verfolgt, die ihm Nina zeigen, wie sie einem großen, breitschultrigen Kerl ohne Gesicht in die Arme sinkt. Er hasst sich dafür, kann aber nicht aufhören, sich zu fragen, was sie in seiner Abwesenheit tut. Übersetzen? Tag und Nacht – ein spanisches Sachbuch über urbanes Gärtnern? Wer braucht denn sowas? Seit wann sind die Spanier Spezialisten für solche Projekte? Die wissen doch nur Bescheid über das Verwandeln riesiger Landstriche in Plastikwüsten, wo unter endlosen Foliendächern kunststoffartiges Gemüse wächst. Eine saudumme Ausrede ist dieses angebliche Buch, sonst nichts, erfunden, damit Nina eine ungestörte Woche mit Martin verbringen kann, es hätte ihm gleich verdächtig vorkommen sollen. Aber was wäre gewesen, wenn er Nina auf den Kopf zu gesagt hätte, dass er ihr den dringenden Auftrag nicht glaubt? Sie hätte womöglich mit den Achseln gezuckt und gesagt, dass er sich lächerlich macht mit seiner blindwütigen Eifersucht. Und lächerlich kommt er sich ja auch vor.

In einer Bar im Meatpacking District, nahe der High Line, die das Viertel in eine schicke und teure Ecke verwandelt hat, seit sie zum Park wurde, kommt Georg mit einer fröhlichen, blonden Touristin aus Dänemark ins Gespräch. Georg ist kein Aufreißer, schon gar nicht, wenn er in einer Beziehung lebt, aber das ist mittlerweile auch gar nicht mehr nötig, um Frauen kennenzulernen. Er ist jetzt in einem Alter, das ihn für liebesgeschädigte Frauen zwischen fünfundreißig und fünfzig (grob gesprochen) höchst interessant macht, und wenn er allein unterwegs ist, merkt er, wie leicht es wäre, neue Kontakte zu knüpfen. Die

Frauen heutzutage scheuen sich ja nicht mehr, auch einmal die Initiative zu ergreifen. In Lokalen lächeln oder prosten sie ihm zu und verwickeln ihn von sich aus in Unterhaltungen, sofern er halbwegs den Eindruck erweckt, gesprächswillig zu sein. Meistens gibt er sich allerdings reserviert, er hat ja Nina.

Dass er Nina über eine Internet-Partnerbörse aufgetan hat, war spielerischer Zufall und nicht die Folge einer gezielten Suche. Völlig unverbindlich hat er sich im Netz umgesehen. Eigentlich war er müde und frustriert nach der Trennung von Eva, die Blut, Schweiß und Tränen auf beiden Seiten gekostet hatte. Deswegen der Ausflug in die virtuelle Welt, die ihm weniger bedrohlich vorkam als die reale, in der man greifbar ist im wahrsten Sinn des Wortes. Damit, sich so schnell zu verlieben, hatte er nicht gerechnet.

Die Dänin in New York hält ihn zunächst für einen Einheimischen, was ihm schmeichelt, obwohl er es dumm findet, dass alle Touristen den Ehrgeiz haben, für einheimisch gehalten zu werden, als würde einen das aufwerten. Georg glaubt nicht, dass in New York ansässige Menschen eine interessantere Spezies sind als Menschen aus Wien oder Lissabon, und wenn er denn schon für einen Einwohner einer anderen Stadt gehalten werden wollte, dann für einen Römer. Aber, egal, die Dänin erfährt ohnehin bald, dass er hier genauso fremd ist wie sie (Georg kommt immer wieder einmal nach New York, fühlt sich aber, im Gegensatz zu vielen seiner Freunde, die angeblich auf vertrautem Fuß stehen mit dieser Stadt, immer wieder fremd darin), was sie mit unbekümmertem Gelächter quittiert. Sie lacht viel an diesem Abend, den sie miteinander verbringen, redend, trinkend, Burger essend, bei Barnes & Noble das Bücherangebot prüfend. Georg wird dabei von einer seltsamen Unruhe gequält. Er unterhält sich gut mit der Dänin, die Sina heißt, aber gleichzeitig hat er das Gefühl, etwas Wichtiges zu versäumen, seine Aufmerksamkeit an Nebensächliches zu verschwenden, während anderswo etwas geschieht, was eigentlich sein Eingreifen erfordern würde.

Als er sich von Sina verabschiedet, tritt er einen Schritt zurück, statt sie zumindest auf die Wangen zu küssen, wie sie es vermutlich erwartet. Sie tauschen E-Mail-Adressen, aber er kann sich nicht vorstellen, dass er ihr je schreiben wird.

Im Hotel überlegt er, ob er Nina anrufen soll. Es ist zwei Uhr früh, also acht bei Nina, vermutlich ist sie schon wach, aber was soll er sagen, wenn sie ihn fragt, wo er bis jetzt gewesen ist? Und vielleicht ist sie ja auch gar nicht allein. Er sieht Nina vor sich, wie sie in ihrer Küche Frühstück macht, für Martin, der sich möglicherweise in ihrem Bad gerade an seinem Rasierwasser bedient, und schlagartig ist er unangenehm wach trotz seiner Müdigkeit. Den Rest der Nacht wälzt er sich schlaflos im Bett, vor laufendem Fernseher, ohne zu begreifen, was auf dem Bildschirm vor sich geht. Mit hämmernden Kopfschmerzen fliegt er am nächsten Tag nach Hause.

Nina sieht entzückend aus, wie sie ihm gegenübersitzt, in einem ausgeschnittenen Kleid, das ihre zierliche Figur – zart, aber mit weiblichen Kurven – zur Geltung bringt. Er hat sie zur Feier seiner Rückkehr in ein neues vietnamesisches Restaurant eingeladen, an den Nachbartischen speisen Paare, die durch die Art und Weise, wie sie alle anderen Gäste übersehen, zu verstehen geben, dass man wissen sollte, wer sie sind. Georg rächt sich, indem er sie mit abschätzigen Blicken mustert. Tatsächlich ist er nervös, nicht wegen der tatsächlichen oder Möchtegern-Promis, sondern wegen Nina, die ihm verändert vorkommt.

Und prompt sagt sie: Ich muss dir etwas sagen.

Er weiß plötzlich, was sie ihm sagen wird: Ich verlasse dich. Ich habe mich in Martin verliebt.

Sein Herzklopfen dröhnt ihm in den Ohren. So laut ist es und so fest ist er überzeugt, gleich eine Schreckensbotschaft hören zu müssen, dass es eine Weile dauert, bis ihre Worte zu ihm durchdringen.

Martin. Hat gefragt. Ist schrecklich verliebt. In sie. Will sich nicht mit einer Freundschaft begnügen.

Das habe ich mir gedacht –

Ich weiß, dass du dir das gedacht hast, sagt Nina mit einem feinen Lächeln. Aber was ich dir sagen will, ist: Ich werde ihn nicht mehr sehen. Nicht sehen, nicht sprechen, überhaupt nichts. Ich habe den Kontakt zu ihm abgebrochen. Ich möchte, dass du das weißt.

Du hast ihn meinetwegen in die Wüste geschickt?

Ja. Schon.

Was heißt *schon*?

Na ja, wenn ich, sagen wir, ganz allein wäre –

Wenn es mich nicht gäbe, hättest du ihn erhört?

Keine Ahnung. Er ist nicht unsympathisch. Und er ... Na ja, er hat mir, wie soll ich sagen, eine gesicherte Zukunft versprochen. Ich weiß, das klingt total retro, aber es war so ... so gut gemeint. Er will für mich sorgen ... Das ist ja nichts Schlimmes, oder?

Aber du willst ihn nicht mehr sehen?

Ja. Weil ich dich liebe und nicht ihn. So einfach ist das. Und jetzt möchte ich nicht mehr darüber reden.

Sie lehnt sich zurück, in ihrem schönen, schmeichelnden Kleid, und schenkt ihm ein Lächeln voll warmer Zuneigung.

Sie heiraten an einem Samstag im Mai. Ninas Kinder sind dabei und ihre Mutter und Georgs Mutter und seine Schwester und ein Haufen Freunde. Nina strahlt, mädchenhaft sieht sie aus, wie eine junge Braut, sagen alle. Georg bekommt zu hören, dass er Glück hat und dass es höchste Zeit für ihn war (von den Frauen) beziehungsweise, dass ihm recht geschieht und dass am Ende auch die standhaftesten Junggesellen schwach werden (von den Männern).

Nina strahlt auch deswegen, weil sie vor ein paar Tagen eine schöne, große Wohnung gefunden hat, in die sie mit Georg einziehen wird. Ihr bisheriges Domizil will ihr Älterer übernehmen, der das WG-Leben satt hat. Georg hat sich bereit erklärt, die Unterhaltszahlungen seines Vaters ein bisschen aufzustocken, damit er es sich leisten kann. Das erfüllt Nina mit einer tiefen Freude. Nicht des Geldes wegen, sondern weil es zeigt, dass sich Georg jetzt mitverantwortlich fühlt für ihre Kinder. So hat sie es sich gewünscht.

Sie hat es sich gewünscht und sie hat es verdient, schließlich hat sie auf Martin verzichtet. Nina ertappt sich manchmal dabei, dass sie Georg in Gedanken mit Martin vergleicht, und sie ist immer erleichtert, wenn der Vergleich zu Georgs Gunsten ausfällt, schließlich möchte sie keine falsche Entscheidung getroffen haben. Irgendwo in ihrem Hinterkopf hält sich eine Stimme, die sie beharrlich daran erinnert, dass es nicht wirklich etwas zu entscheiden gab, aber die blendet sie aus. Für sie ist das Gespräch mit Martin, in dem sie ihm den Abschied gab, inzwischen eine Art realer Vergangenheit, so plastisch hat sie es sich ausgemalt.

Georg blinzelt wie betäubt in die Mai-Sonne. Es ist ihm heiß und er hat das Gefühl, neben sich zu stehen. Er war ein ungebärdiges Kind, das leicht in wütende Panik geriet, wenn es sich eingesperrt vorkam. Heute ist er ein erwachsener Mann, der gelernt hat, sich zu beherrschen. Er zieht sein Smartphone aus der Hosentasche und liest erneut die E-Mail, in der Sina mitteilt, dass sie demnächst für ein paar Tage nach Wien kommen wird. Ob er mal Zeit hätte? Er hat ihr als Treffpunkt ein Café in der Nähe des Volksgartens vorgeschlagen.

Christl und Ralph

Wir waren alle etwas überrascht und verwundert, dass Christl meinen Cousin Ralph heiraten wollte. Christl war hübsch und verblüffend gescheit – wenngleich ohne höheren Schulabschluss –, Ralph hingegen groß und gutmütig, aber schwerfällig – ein Tollpatsch in jeder Hinsicht. In unserer Familie war es üblich, etwas Anspruchsvolles zu lernen, Ralph jedoch war gerade so durch die Pflichtschule gekommen, hatte nachher eine Bürolehre gemacht und war schließlich von einem Onkel in dessen Firma angestellt worden. Er sei fleißig und gut einsetzbar, solange man ihn nicht mit schwierigeren Aufgaben konfrontiere, sagte der Onkel. Das Gehalt, das er ihm zahlte, entsprach Ralphs Leistung, es war bescheiden, aber ausreichend, und genügte später sogar, um eine kleine Familie zu ernähren. Unser Onkel vergab keine Almosen, er kriegte was für sein Geld, trotzdem war es beruhigend, dass Ralph bei ihm untergekommen war, weil man davon ausgehen konnte, dass sein Posten, wenn es sich nur halbwegs vermeiden ließ, nicht wegrationalisiert würde.

Ralph war siebenundzwanzig, als er Christl traf, die wenig älter war als er, seine Erfahrungen mit Frauen waren bescheiden, und sie waren enttäuschend. Das kam auch daher, dass er einen Hang zu Mädchen hatte, die eine Nummer zu groß für ihn waren. Ihm gefielen die Schönen, die Kecken, die allseits Bewunderten, die ihn entweder gar nicht beachteten oder lediglich ausnützten. Er spielte den Chauffeur für sie, räumte nach Partys, zu denen er gnadenhalber eingeladen war, das Chaos in ihren Wohnungen auf, besorgte Kinokarten, holte ihre Kleider aus der Reinigung und war doch nie mehr als bestenfalls ein Lückenbüßer, mit dem man betrunken knutschte oder, selten genug, im Bett landete, um es einem untreuen Geliebten heimzuzahlen.

Und dann Christl. Auch Christl war hübscher als der Durchschnitt, keck, lustig, eine, die Aufmerksamkeit auf sich zog, aber sie behandelte Ralph nicht als Notnagel, sondern als ernst zu nehmenden Bewerber.

Sie brachte zwei Kinder mit in die Verbindung, sieben und vier Jahre alt, mit deren Vätern sie ihrerseits kein Glück gehabt hatte. Christl hatte gleichfalls auf die Falschen gesetzt, auf die Begehrten, Leichtherzigen, die nichts anbrennen ließen – einen Musiker, von dem sie ihren Sohn Sascha hatte, und einen Fußballer, dem sie ihre Tochter Nicola verdankte. Weder der Musiker noch der Fußballer brachten es jemals zu nennenswerter Bedeutung in ihrer Profession. Beide zeigten kein Interesse an ihren Kindern, und Geld machten sie schon gar nicht locker für ihren Nachwuchs.

Christl hatte es nicht leicht gehabt, ehe sie Ralph kennenlernte. Ihre Eltern waren längst gestorben, mit anderen Verwandten hatte sie keinen Kontakt, ja, sie wusste nicht einmal, wo es welche gab. Da sie keinen Beruf erlernt hatte, jobbte sie, soweit es die Betreuung ihrer Kinder zuließ. Auch nach der Heirat mit Ralph verdiente sie dazu. Sie putzte abends Büros, während Ralph bei Sascha, Nicola und später bei der gemeinsamen Tochter Melanie blieb.

Unsere Familie fand das einerseits nicht standesgemäß, würdigte aber Christls Fleiß und dass sie zum Familieneinkommen beitrug, statt sich von Ralph erhalten zu lassen.

Ralph war allen drei Kindern ein liebevoller, geduldiger Vater. Und wie es schien, waren Christl und er ein harmonisches Paar, wenngleich ich mir nicht vorstellen konnte, dass sie einander viel zu sagen hatten. Aber das traf schließlich auch auf andere Paare zu, deren Kommunikation sich im Besprechen des Alltäglichen erschöpft und die damit ganz zufrieden sind.

Nicht, dass wir ständig Kontakt gehabt hätten. Wir sahen einander sporadisch, bei Familienfesten oder im Sommer auf dem Land, wo ein anderer Cousin einen alten Bauernhof gekauft und zu einem großzügigen Ferienhaus umgestaltet hatte. Christl punktete bei solchen Zusammenkünften mit Witz und Schlagfertigkeit, sie passte, wenn man ehrlich war, besser in unseren Akademikerclan als der liebenswerte, aber schlicht gestrickte Ralph. Trotzdem fanden wir inzwischen, dass Christl großes Glück mit Ralph gehabt hatte. Immerhin hatte sie dank ihm samt ihren mitgebrachten Kindern in eine angesehene Familie eingeheiratet, an die sie, seien wir ehrlich, normalerweise keinen Anschluss gefunden hätte.

Sie hat ihnen nie erzählt, dass sie eigentlich gelernte Friseurin ist. Die arme Christl, sagten sie immer, hat keinen Beruf erlernt und muss deshalb putzen gehen. Aber sie hat eine Berufsausbildung, sie hat gelernt, Haare zu färben, zu schneiden und in Form zu fönen. Sie mag ihn nur nicht, ihren Beruf. Sie war nicht gut darin, und er machte ihr keine Freude. Es ging ihr gegen den Strich, dass die Kundinnen erwarteten, das Aussehen ihrer Haare müsse geradezu lebenswichtig für sie sein. Und sie mochte ihre Kolleginnen nicht, ihr säuselndes Getue, als würden sie Tag und Nacht nur an das Wohl der Kundinnen denken. Dabei waren den Kolleginnen vor allem ihre eigenen Frisuren wichtig. Sie arbeiteten wechselseitig aneinander herum, in aufwendigen Prozeduren während und außerhalb der Dienstzeit, und färbten ihre Köpfe in ständig neuen Farben, wie freiwillige Versuchskaninchen.

Ralphs Familie sagte sie nichts von ihrem erlernten Beruf, erstens, weil er sie ohnedies nicht beeindruckt hätte, und zweitens, weil der weiblichen Verwandtschaft zuzutrauen war, dass sie versuchen würde, sich kostenlos von ihr frisieren zu lassen. Ralphs Verwandte verdienten zwar alle gut, aber sie wirtschafteten sparsam, und wenn sie einen Vorteil witterten, zögerten sie nicht, ihn sich zu verschaffen. Das hätte ihr noch gefehlt, für ihre Schwiegermutter und Ralphs Tanten und Cousinen als Haarstylistin zur Verfügung zu stehen.

Sie entschloss sich zum Putzen, als ihr klar wurde, dass sie es als Friseurin nie weiter bringen würde als bis zur kleinen Angestellten in einem unbedeutenden Salon, schlecht bezahlt und vergeblich auf großzügige Trinkgelder hoffend. Sie wusste, wie schicke Frisuren ausschauen mussten, aber sie hatte weder den Ehrgeiz noch die Begabung, sie herzustellen. Die sogenannten Starfriseure mit den eigenen Salons, von denen man in Zeitschriften las und die mit Promis auf Du und Du waren, bewegten sich in einer anderen Welt, in die sie nie Eingang gefunden hätte, dazu fehlte es ihr nicht nur an Talent, sondern auch an kaufmännischen Kenntnissen.

Eigentlich wäre sie gern länger zur Schule gegangen. Sie lernte leicht, vor allem in Deutsch und Englisch war sie gut, wogegen sie es in Handarbeit nie auf einen Einser brachte. Die Mutter steckte sie jedoch ohne viel zu fragen nach der Pflichtschule in eine Friseurlehre. Das war gut gemeint und immerhin mehr, als der Mutter selber vergönnt gewesen war, die sich als Hilfsarbeiterin durchschlagen musste. Der Vater war zu diesem Zeitpunkt schon tot, gestorben an einer Lungenembolie, als sie zwölf war. Er hätte allerdings auch lebendig ihre Ausbildungswünsche nicht unterstützt, für ihn war immer klar gewesen, dass sie so schnell wie möglich Geld verdienen sollte. Wenn er sie beim Lesen eines Buches erwischte, nahm er es ihr weg und forderte sie barsch auf, sich eine Arbeit zu suchen. Bestimmt gäbe es was zu tun, vor dem sie sich drücken wolle. *Dem Herrgot den Tag stehlen*, nannte er das Bücherlesen.

Dann starb die Mutter, und Christl lernte Micky kennen, und alles war spannend und voll wunderbarer Aussichten, bis ihnen Sascha passierte und sie nachher mit Sascha allein dastand. Trotzdem dachte sie noch lange mit Zuneigung und Wehmut an Micky, während Nicolas' Vater wenig Spuren in ihrem Herzen hinterlassen hat. Was ihre Gefühle für Nicola nicht beeinflusst. Sie liebt alle ihre Kinder, und wenn sie es genau nimmt, dann ist ihr Nicola sogar am nächsten, vielleicht, weil sie so klug und zielstrebig ist, so, wie sie selbst sein hätte können, wenn ihre Mutter verständiger gewesen und auch noch länger am Leben geblieben wäre.

Beim Putzen war sie weitgehend ungestört. Sie räumte in einer Anwaltskanzlei auf, in der Praxis einer Ärztin, in einem kleinen Verlagsbüro und in einer Steuerberatungsfirma. Wenn sie kam, waren die Beschäftigten meistens weg, manchmal saßen eine Anwältin oder einer der Steuerberater noch an ihren Schreibtischen und brüteten über irgendwelchen Akten. Aber niemand behelligte sie mit Gerede (wie die Kundinnen im Friseurgeschäft), sie konnte effizient und nach eigenem Ermessen ihrer Arbeit nachgehen. Ihre Arbeitgeber schätzten sie und die Bezahlung war gut. Ein paarmal hatten junge Angestellte geglaubt, einen Saustall hinterlassen zu dürfen – Apfelbutzen und halbleere Joghurtbecher in den Papierkörben, dreckige Papierhandtüchter auf den Fußböden der Toiletten oder mit Sandwichresten verstopfte Abflüsse in der Teeküche.

Sie hatte die Chefs höflich ersucht, mit ihren Mitarbeitern ein ernstes Wort zu reden, und es hatte genützt. Christl putzte, was weiß Gott nicht ihr Mädchentraum von einer Zukunft gewesen war, aber sie war in dieser Funktion eine respektierte Institution. Nur Idioten glauben, dass Saubermachen kein Hirn erfordert und dass es demzufolge egal ist, wer sauber macht. Christls Arbeitgeber waren keine Idioten.

Ralph war geduldig mit den Kindern, sie wusste sie gut aufgehoben, wenn er bei ihnen war, er wärmte die Mahlzeiten, die sie vorbereitet, und erledigte die Hausarbeit, die sie ihm aufgetragen hatte. Man musste ihm vorher zeigen, was wie zu tun war. Manches ging kaputt, sobald er sich daran zu schaffen machte. Wenn er die Rollos an den Fenstern herunterzog, leierte er sie entweder aus, sodass sie nicht mehr zurückschnellten, wenn man sie wieder oben haben wollte, oder er riss die Schnüre ab. Seine Ungeschicklichkeit war keine Taktik, er gehörte nicht zu den Männern, die sich im Haushalt absichtlich besonders blöd anstellen, um von Hausarbeit befreit zu werden.

Sie musste oft an sich halten, um nicht gereizt auf ihn zu reagieren. Gleich darauf kam sie sich schäbig vor wegen ihrer mühsam unterdrückten Ungeduld, weil er sie so demütig ansah, mit ergebenen Augen, schuldbewusst wegen seiner Tollpatschigkeit.

Mit ihm zu schlafen bereitete ihr keine Schwierigkeiten, sie wusste, was sie an ihm hatte, das machte sie zwar nicht leidenschaftlich, aber dankbar. Sie liebte ihn nicht, aber sie war von wohlwollender Zärtlichkeit für ihn erfüllt, wenn sie nicht gerade gereizt war. Sobald ihre Gereiztheit in schlechtes Gewissen umschlug, war sie besonders liebevoll mit ihm, um gutzumachen, was sie ihm innerlich gerade angetan hatte. Er verdiente ihre barsche Laune und ihre Anfälle von Abneigung nicht, fand sie voller Nachsicht.

Als Liebhaber war er nicht ungeschickter als andere, geschickter allerdings auch nicht. Seine erotischen Ansprüche waren bescheiden, sie erfüllte sie ohne Anstrengung und kam dabei ebenfalls, wenngleich auf einem wenig spektakulären Level, auf ihre Rechnung.

Uns fiel nichts auf. Ralphs und Christls Kinder wuchsen heran, Sascha machte eine technische Lehre und fing danach zu arbeiten an (das musikalische Talent seines Vaters hatte sich nicht auf ihn übertragen), Nicola maturierte, ging für ein Jahr als Au pair nach Frankreich und begann nach ihrer Rückkehr Romanistik zu studieren, und Melanie wollte Köchin werden. Sie hatte leider Ralphs Aussehen geerbt und war ein großes, dickes Mädchen mit plumpem Gesicht, aber von angenehmem Wesen, ruhig und verträglich.

Ich hatte Ralph schon länger nicht getroffen, als ich ihn bei der Geburtstagsfeier des Onkels wiedersah, der ihn einst in seine Firma geholt hatte. Die Firma war inzwischen von einer größeren übernommen worden, aber Ralph hatte nach wie vor einen Arbeitsplatz darin. Der Onkel feierte seinen Achtziger im Kreis unserer Großfamilie, sogar Verwandte aus Montreal waren da. Ralph kam mit Melanie und Nicola, Sascha, hieß es, würde eventuell später noch dazustoßen, sein Betrieb hatte ihn wegen eines dringenden Auftrags nach Salzburg geschickt.

Wo bleibt Christl?, fragte ich Ralph.

Unsere Cousine Angela stieß mich unauffällig an und schüttelte leicht den Kopf.

Sag's ihr ruhig, forderte Ralph Angela auf.

Ralph und Christl lassen sich scheiden, sagte Angela zu mir.

Christl lässt sich von mir scheiden, korrigierte Ralph.

Später, in der Küche, wohin wir uns zurückgezogen hatten, um zu reden, erzählte mir Angela – während das Cateringpersonal hakenschlagend um uns herumlief –, dass Christl Ralph offenbar völlig überraschend eröffnet hatte, sie wolle nun, da auch Melanie mehr oder weniger erwachsen war, endlich ihr eigenes Leben leben. Sie werde es Ralph nie vergessen, dass er all die Jahre ein treuer Ehemann und guter Vater gewesen sei, auch für die beiden Kinder, die sie in die Ehe mitgebracht habe, doch jetzt müsse sie etwas für sich tun, ehe es zu spät dafür sei.

Aber was wird aus mir?, habe Ralph gefragt, und Christl habe geantwortet: Du brauchst mich nicht.

Sie möchte ans Meer. Immer schon war sie am liebsten am Meer. Sie schaut auf das weite Wasser und verliert sich darin, dort, wo es am Horizont in den Himmel übergeht. Das hat nichts Schreckenerregendes für sie, im Gegenteil, es fühlt sich an wie eine Heimkehr.

Nicht, dass sie oft ans Meer gekommen wäre. Ralph und sie mussten sparen, mit drei Kindern und wenig Geld schaffte man es gerade einmal für eine Woche an die obere Adria.

Von Punta Sabbioni hatten sie ein oder zwei Mal einen Tagesausflug nach Venedig gemacht. Ralph war der Trubel dort zu ermüdend, Sascha wäre lieber am Strand in Jesolo geblieben und Melanie trottete desinteressiert, Eis schleckend, hinter ihnen her. Aber Nicola und sie waren begeistert durch die verwinkelten Gassen gelaufen, sie waren mit dem Vaporetto gefahren, ohne die anderen, auch in entlegene Kanäle, und hatten sich nicht sattsehen können an der traurig-schönen Stadtlandschaft.

Wenn ich groß bin, reisen wir, Mama, hatte Nicola gesagt, nur wir zwei, gell?

Aber jetzt ruft sie sie nicht einmal an, weil sie ihr übel nimmt, dass sie Ralph verlassen hat.

Mit Micky war sie einmal an der Nordsee, vor Saschas Geburt. Das war ein anderes Meer gewesen als die friedliche Adria, wild und ungebärdig. Sie weiß nicht, was ihr lieber ist, die glitzernde Weite oder die grauen Wellenungetüme, die sich aufbäumen mit ungestümer Macht. Egal, sie muss ja keine Rangordnung ihrer Zuneigungen erstellen, Hauptsache Meer.

Ralph war weich und nachgiebig. Er scheute Konflikte und hatte Angst, die Initiative zu ergreifen. Immer war sie es, die organisieren, regeln – im Notfall streiten –, planen und die Pläne dann durchziehen musste. Ralph nahm hin, passte sich an, ordnete sich unter. Ralph reklamierte nicht. Ralph erkundigte sich nicht. Wahrscheinlich gehört das so, sagte er, wenn das Dampfbügeleisen kurz nach dem Kauf keinen Dampf mehr abgab. Die werden es auch nicht wissen, sagte er, statt bei den Stadtwerken anzurufen und zu fragen, wann die Gaszähler ausgewechselt würden. Ich glaube nicht, dass die sich irren, sagte er, wenn Christl entdeckte, dass die Buchhaltung in seiner Firma das Kindergeld falsch berechnet hatte. Das hat keinen Sinn, sagte er, das geht nicht, das wird nicht hinhauen, wann immer sie ihn aufforderte, etwas zu tun, was von seiner üblichen Routine abwich.

Oft dachte sie, dass sie etwas Besseres verdient hätte. Einen Klügeren, Tüchtigeren, Attraktiveren, einen, der zu ihr passen würde. Aber dann kam sie sich gleich wieder gemein vor, weil sie seine Mankos in den Vordergrund stellte und seine guten Seiten zu wenig herausstrich.

Du brauchst mich nicht, sagte sie, als sie ihn verließ, aber das war mehr Hoffnung als Überzeugung. Doch, er brauchte eine, die auf ihn aufpasste. Aber sie hatte keine Lust mehr, die Mutter zu sein. Ihre drei Kinder waren groß, Ralph, das vierte Kind, war ihr jetzt zu viel. Sie hatte ihn mitgeschleppt. Solange er ihr geholfen hatte, die anderen drei durch ihr Herwanwachsen zu bugsieren, so lange war das Konto zwischen ihnen ausgeglichen gewesen, aber nun rutschte Ralph immer mehr ins Minus. Sie hoffte, dass er eine finden würde, die gut zu ihm war. Ralph war ein lieber Kerl, im Grunde genommen, und die Welt war voll von Frauen, die auf der Suche nach einem lieben Kerl waren. Das musste doch klappen, dass er mit so einer – sie dachte an eine Witwe oder eine Geschiedene in mittleren Jahren – zusammenkam.

Unsere Familie war empört, Christl hatte Ralph benützt. All die Jahre. Und nun, da er seine Schuldigkeit getan hatte, ließ sie ihn stehen. Sie stellte ihn nicht gerade vor die Tür wie ein Möbelstück für die Sperrmüllsammlung, vielmehr war sie es, die auszog (das wäre ja auch noch schöner gewesen, wenn Ralph hätte gehen müssen), doch sie entsorgte ihn. Anders konnte man es nicht ausdrücken.

Ralph blieb in der ehelichen Wohnung, mit Melanie, die noch daheim lebte, und Christl bekam vom Sozialamt eine Einzimmerwohnung zugeteilt, weit draußen an der Peripherie, aber nicht dort, wo sie grün und lieblich ist, sondern in einem devastierten Viertel, in dem sich riesige Betontürme aneinander reihen. Wir bekamen ihre Wohnung nicht zu Gesicht, wir erfuhren lediglich, wo sie lag, aber wir wussten ungefähr, wie es dort aussah, auch wenn niemand von uns die Gegend aus eigener Anschauung kannte.

Sie wohnt lieber in den Slums als mit Ralph zusammen?, fragte Cousine Mona entgeistert. Ihr Mann Peter sagte trocken: Von dort ist sie gekommen, dorthin kehrt sie zurück.

Christls Kinder waren nicht ganz so aufgebracht wie die übrige Familie, aber sogar sie schlugen sich letztlich auf Ralphs Seite. Melanie sowieso, die war immer schon Papas Mädi gewesen. Doch auch Nicola hielt mehr Kontakt zu Ralph als zu ihrer Mutter, sie schaute mindestens einmal in der Woche bei ihm vorbei, ging seine Post durch (Ralph neige dazu, amtliche Mitteilungen ungeöffnet liegen zu lassen, erklärte sie uns lachend) und half ihm, die Lebensmittelvorräte aufzufüllen, weil Melanie dazu nicht zu gebrauchen war. Nicola bezog ein Stipendium, jobbte nebenbei als Kellnerin und wohnte mit drei anderen Studentinnen zusammen in einer WG. Sie wusste offensichtlich, was sie ihrem Stiefvater verdankte und was aus ihr geworden wäre, hätte es ihn nicht gegeben. Sascha lebte sein eigenes Leben, war aber zur Stelle, wenn Ralph Probleme mit dem Fernseher oder dem Internet hatte.

Ralph tat uns allen leid. Wir hätten ihm eine neue Frau gewünscht, eine bessere als Christl, wenn wir nicht Zweifel an seiner Vermittelbarkeit gehegt hätten. Jetzt seht nicht gleich so schwarz, ermahnte uns Monas Mann Peter, Ralph ist doch kein

Monster, bestimmt gibt es eine Menge Frauen, die froh wären, wenn sie einen wie ihn abbekämen. So ein einsames Herz aus schlichten Verhältnissen, verwitwet oder geschieden, das würde doch gut zu ihm passen.

Ihr Fluchtkapital. Eigentlich hätte sie es in die Haushaltskasse tun müssen, aber sie behielt es für sich. Sie weiß nicht, wann sie angefangen hat, es als Fluchtkapital zu sehen, ursprünglich hatte sie sich gesagt, dass sie es früher oder später zu einer gemeinsamen Anschaffung beisteuern würde. Ein Notgroschen, hatte sie sich gesagt. Oder eine kleine Reserve für besondere Ausgaben (Ausgaben im Interesse der Familie, nicht bloß in ihrem eigenen).

Sie hätte Ralph erzählen können, wie sie dazu gekommen war. Eigentlich wäre es naheliegend gewesen, dass sie Ralph davon erzählte, aber sie sagte ihm nichts.

Der junge Mann hatte eine Zeitlang in der Steuerberatungskanzlei gearbeitet, er war höflich, zurückhaltend, selbstsicher. Manchmal saß er noch vor seinem Computer, wenn Christl schon mit der Arbeit fertig war. Sie hörte ihn telefonieren, es klang knapp und zielstrebig. Christl hatte gedacht, dass er sie kaum wahrnahm, aber eines Abends lehnte er sich in seinem Stuhl zurück, als sie gerade die Papierkörbe leerte, sah sie an und sagte: Scheiß Job, oder?

Im ersten Moment wusste Christl nicht, ob sie gekränkt sein sollte, aber dann beschloss sie, dass er es nicht beleidigend meinte, und blickte ihn abwartend an.

Wieviel verdienen Sie?, fragte er.

Sie sagte es ihm.

Er schüttelte mitleidig den Kopf.

Das ist ein guter Stundenlohn, sagte Christl. In meiner Branche.

Wissen Sie, was traurig ist?, fragte er.

Christl schwieg.

Traurig ist, sagte er, dass Sie noch so fleißig sein können, Sie werden trotzdem nie auf einen grünen Zweig kommen.

Vielleicht, sagte Christl.

Nicht vielleicht, ganz bestimmt, widersprach er. Mit fleißiger Arbeit verdient man nichts. Geld macht Geld.

Ja, und?, fragte Christl.

Ich verstehe nicht, sagte er, dass Menschen wie Sie dieses System nicht längst abgewählt haben. Es besteuert die Arbeit und belohnt das Kapital.

Sind Sie Politiker?, fragte Christl. Ich meine, wollen Sie Politiker werden?

Vielleicht, sagte er. Dann fragte er: Soll ich es Ihnen zeigen?

Was?, fragte Christl.

Er winkte sie zu sich und deutete auf den Bildschirm seines Computers. Wir spekulieren jetzt ein bisschen, sagte er. Nur so, zu Demozwecken. Wollen Sie?

Keine Ahnung, sagte Christl. Was soll ich denn tun?

Schauen Sie, sagte er, das ist der aktuelle Goldpreis. Der zieht gerade mächtig an. Wenn Sie sich jetzt einen Goldbarren kaufen, haben Sie in drei, vier Monaten einen Gewinn von – also ich behaupte: von gut zwanzig Prozent.

Ich kann mir keinen Goldbarren kaufen, sagte Christl.

Ja, das glaube ich, sagte er. Es fehlt Ihnen das Startkapital.

Er beugte sich vor und starrte auf die Goldpreiskurve. Dann sagte er: Wissen Sie was, ich kaufe zwei Goldbarren. Einen für mich, einen für Sie. Gewissermaßen. Wenn ich recht behalte, zahle ich Ihnen den Gewinn für Ihren Barren aus. Nur den Gewinn. Der Barren bleibt bei mir.

Warum?, fragte Christl.

Damit Sie sehen, dass man nur mit Geld zu Geld kommt. Sie können ja dafür einmal in meiner Wohnung aufräumen. Das ist Ihr Einsatz.

Und wenn Sie keinen Gewinn machen?, fragte Christl.

Dann haben wir beide Pech gehabt.

Christl wollte schon nein sagen, da fügte er hinzu: Das Risiko können Sie doch locker eingehen. Überlegen Sie: Zwanzig Prozent vom Preis eines Ein-Kilo-Goldbarrens für – na, für zirka fünf Stunden Putzen. Den Deal bietet Ihnen nie wieder jemand an.

Zwanzig Prozent – oder ich habe fünf Stunden umsonst geputzt, sagte Christl.

Oder Sie haben fünf Stunden umsonst geputzt.

Christl schaute auf die Zahlen am Bildschirm. Das ist viel Geld, sagte sie. Sie sind so jung. Und haben schon so viel Geld.

Na ja, sagte er. Ich kenne mich ein bisschen mit Aktien aus.

Dazu braucht man doch auch ein Startkapital?

Meine Eltern haben Kohle, sagte er, schnell, als wäre es ihm unangenehm. Also, was ist? Schlagen Sie ein?

Er hielt ihr die Hand hin.

Wann soll ich putzen kommen?, fragte Christl.

Irgendwann. Wenn meine Putzfrau auf Urlaub ist. Ich sag's Ihnen rechtzeitig.

Okay, sagte Christl und drückte zögernd seine Hand.

Danach sah sie ihn eine Weile nicht. Als er eines Abends wieder Überstunden machte, war er so sehr in seine Arbeit vertieft, dass er sie gar nicht bemerkte. Erst als sie zum dritten Mal an ihm vorbeiging, blickte er kurz zu ihr und sagte: Ich hab den Goldpreis im Auge. Keine Angst. Dann wandte er sich wieder seinem Computer zu.

Es vergingen Wochen, in denen sie ihn nicht zu Gesicht bekam, und nach einer Weile war sie überzeugt, dass er sich einen Scherz mit ihr erlaubt hatte.

Aber dann, nach ungefähr einem halben Jahr, sie war gerade mitten in der Arbeit, polterte er zur Tür herein und schwenkte triumphierend ein Kuvert. Hier, rief er, Ihr Zaster! Hat ein bisschen länger gedauert, dafür sind es aber fast fünfundzwanzig Prozent.

Christl ließ das Staubtuch sinken und starrte ihn entgeistert an. Er hielt ihr das Kuvert hin. Hier, nehmen Sie, gehört Ihnen.

Ich hab noch gar nicht bei Ihnen geputzt, sagte sie.

Ist doch egal. Müssen Sie nicht. Ich gehe sowieso nach London. Er strahlte sie an, mit kindlicher Begeisterung.

Zögernd nahm Christl das Kuvert.

Schauen Sie hinein!, sagte er ungeduldig.

Sie öffnete es und zog ein paar Geldscheine heraus.

Ziemlich viele Geldscheine, genau genommen.

Sie überschlug hastig die Summe, die sie da in Händen hielt, dann wollte sie ihm Geld und Kuvert zurückgeben.

Er schaute sie irritiert an. Was soll das?

Na ja, sagte sie, Sie haben es mir gezeigt. Geld macht Geld. Für das da müsste ich lange arbeiten. Ich weiß jetzt nicht, wie lange, aber lange. Und Sie haben es ganz ohne Arbeit verdient.

Nein, Sie! Er wehrte ihre Hände ab, die ihm das Geld reichen wollten.

Christl wurde es unbehaglich zumute. Das geht doch nicht, stammelte sie. Warum wollen Sie mir das geben? Das kann ich nicht annehmen.

Er seufzte. Da kommt kein dickes Ende nach, sagte er und klang leicht gereizt. Warum nehmen Sie die Kohle nicht einfach und glauben mir, dass ich nichts Böses im Schild führe?

Christl stand da, die Geldscheine in Händen, ratlos. Danke, sagte sie dann zögernd.

Bitte, erwiderte er. Jetzt stecken Sie das schon endlich ein, Herrgott. Dann fügte er hinzu: Das ist doch kein Vermögen. Damit kriegen Sie nicht einmal ein halbes Auto. Na ja, die Hälfte von einem ganz kleinen vielleicht. Er lachte.

Sie gehen nach London?, fragte Christl.

Ja, dort fallen die wirklich wichtigen Entscheidungen. Hier geht's doch bloß um Peanuts. London ist das, was man einen bedeutenden Finanzplatz nennt, wissen Sie. Er lächelte sie an und machte eine tänzerische Bewegung, als wolle er auf der Stelle abheben und nach London fliegen.

Ich hab geglaubt, Sie möchten Politiker werden, sagte Christl.

Er schnippte lachend mit den Fingern. Hab's mir anders überlegt. Zu viel Mühe für zu wenig Geld.

Aber, sagte Christl, was ist mit dem System?

Was für ein System?

Das ich abwählen soll.

Ja, Sie, sagte er mit seinem strahlenden Kinderlächeln. Sie wählen es ab, wenn Sie gescheit sind. Aber warum ich? Zu mir ist das System gut.

In dieser Nacht fuhr Christl mit einem Kuvert voller Geldscheine nach Hause, und auf dem ganzen Heimweg fürchtete sie sich davor, überfallen zu werden. Am nächsten Morgen trug sie das Geld auf die Bank und legte es auf ein Sparkonto, das allein auf ihren Namen lautete. Ihren jungen Gönner sah sie nie wieder, aber immer, wenn in den Fernsehnachrichten London erwähnt wird, hat sie sein Gesicht vor Augen und hofft, dass keine der beängstigenden Meldungen was Schlechtes für ihn bedeutet.

Die Kinder werden es einsehen, früher oder später. Sascha verhält sich ohnehin einigermaßen neutral. Das entspricht seinem Naturell, er regt sich selten auf, geht sachlich an Ereignisse heran und vermeidet Konflikte. Um Melanie macht sie sich schon eher Sorgen. Sie hängt an Ralph, aber die beiden sind einander zu ähnlich, als dass das beruhigend wäre. Zwei Schwache ergeben keinen Starken. Andererseits ist Melanie wie Ralph mit dem Clan verwandt. Christl zählt darauf, dass der Clan, der so stolz ist auf seinen Familiensinn, die beiden auffangen wird, wenn es nötig ist.

Was Nicola angeht, so sollte ihr das Herz brechen angesichts der Entschlossenheit, mit der diese Tochter sie brüskiert. Aber tatsächlich ist sie sogar ein wenig stolz auf Nicolas Parteinahme für Ralph. Nicola ist ein kluges Mädchen, sie weiß, wer ihre Loyalität mehr braucht. Christl versteht, dass sie sich jetzt, aus Anstand und Gerechtigkeitssinn, um Ralph kümmern muss, trotzdem zweifelt sie nicht daran, dass Nicola sie liebt. Irgendwann wird diese Liebe wieder hervorbrechen und die Oberhand gewinnen. Nicola ist ihr Kind, mehr als die beiden anderen.

Sie hat ihr Fluchtkapitalkonto in ein Girokonto umgewandelt und sich eine Kreditkarte dafür genommen. Ihre Arbeitgeber haben, wenn auch widerwillig, akzeptiert, dass sie einen Urlaub nötig hat. Am meisten hat die Ärztin gemeckert, der sie inzwischen nicht nur die Praxis, sondern auch das Haus putzt. Christl räumt – dreimal in der Woche – untertags bei ihr auf (beziehungsweise hinter ihren Kindern her), kocht, bügelt und führt den Hund Gassi. Sie wisse gar nicht, wie sie ohne Christl über die Runden kommen werde, klagte die Ärztin, bevor sie ihre verwitwete Mutter anrief und ihr einen dreiwöchigen Hausarrest bei sich und ihren Kindern verordnete.

Christl hat einen Billigflug gebucht (jetzt, außerhalb der Saison, sind die Preise niedrig) und anschließend die Fähre genommen. Seit einer Woche ist sie auf der Insel. Sie hat Glück mit dem Wetter. Wenn sie es richtig begriffen hat, dann kann es hier um diese Jahreszeit noch sehr winterlich sein, kalt, grau und verregnet, seit ihrer Ankunft jedoch scheint die Sonne. Im ostereiergrünen Gras blühen Frühlingsblumen, die Sträucher sind über und über mit sprießenden Blättern bedeckt.

Die meisten Leute hier können keine Fremdsprachen, aber ab und zu trifft sie jemanden, mit dem sie sich radebrechend verständigen kann. Christls Englisch ist armselig, das der Eingeborenen auch, doch mit Händen und Füßen kommt so etwas wie eine bescheidene Unterhaltung zustande.

Sie fährt mit dem Bus kreuz und quer über die Insel, wandert Hügel hinauf und hinunter, durch silbrige Olivenhaine, an Sommerhäusern vorbei, die jetzt unbewohnt und abweisend dastehen, und sitzt vor Tavernen, mit geschlossenen Augen, während Sonnenstrahlen ihr Gesicht streicheln. Sie reist mit leichtem Gepäck – außer einem Rucksack hat sie nichts mitgenommen – und übernachtet in wechselnden Quartieren. Wie berauscht rennt sie die Strände entlang, neben sich das tosende Meer, die Wellen rollen heran und ziehen sich zurück, unaufhörlich, als wäre die Zeit aufgehoben. Christl läuft, losgelöst von der Vergangenheit und ohne Zukunft. Sie klaubt die Steine auf, die das Meer ihr zu Füßen legt, taubengraue, gesprenkelte, fahlgelbe, grün glitzernde – die grau werden, wenn sie trocknen – und rosa geäderte, die wie Marmor aussehen, sie sammelt sie, trägt sie in einer Seitentasche ihres Rucksacks mit sich, bis sie ihr zu schwer werden. Dann leert sie sie aus und gibt sie dem Meer wieder, um tags darauf erneut mit dem Sammeln zu beginnen.

Mittags war es so warm, dass sie ohne viel nachzudenken ins Wasser gegangen ist. Der Strand war menschenleer, sie hat sich ausgezogen, ihre Sachen zwischen zwei Felsblöcken liegengelassen und ist den heranrollenden Wellen entgegengelaufen. Das Wasser war eisig, es nahm ihr den Atem, als es an ihre Brust schlug, einen Augenblick lang dachte sie, ihr Herz würde stillstehen. Doch dann warf sie sich entschlossen in die nächste schäumende Woge, und als sie eine Weile angekämpft hatte gegen den Sog und die Kälte, wurde ihr wohlig warm. Sie tobte herum wie ein ausgelassenes Kind. Als sie nachher über den steinigen Strand zu ihrer Kleidung rannte, überfiel sie ein schneidender Wind, sie zitterte am ganzen Körper, als sie ihre Jeans überzog, und bekam den Zippverschluss kaum zu, so klamm waren ihre Finger. Trotzdem war sie stolz auf sich, als sie, ein Tuch um den Kopf gewickelt und mit Steinchen in den Schuhen, zum nächsten Dorf trabte.

Nun sitzt sie vor einem kleinen Lokal im Hafen, die Dunkelheit ist hereingebrochen und das gegenüberliegende Ufer der Bucht funkelt als Lichterkette in der Finsternis. Die Luft ist immer noch lau. Christl hat ein Glas Wein vor sich stehen und einen Teller mit frittierten Muscheln. Das flackernde Windlicht auf ihrem Tisch lässt Schatten tanzen. Einen Tisch weiter sitzen ein paar alte Männer, zwei von ihnen spielen Tavli, die anderen rauchen und reden halblaut, mit vielen bedächtigen Pausen zwischen ihren Worten. Wer weiß, was sie sagen, denkt Christl, vielleicht gut, dass ich nichts verstehe.

Weiter weg sitzt ein jüngerer Mann mit struppigem, schwarzem Haar, sie hat ihn vorhin deutlicher gesehen, als er an ihrem Tisch vorüberkam, nun, da ihn die Nacht fast verschluckt, ahnt man ihn mehr, als man ihn sieht. Er hat sie ein bisschen an Micky erinnert, an den jungen Micky, der jetzt auch schon ein Mann im mittleren Alter ist. Unwillkürlich lächelt sie.

Der Mann im Dunkeln hebt sein Glas und prostet ihr zu, jedenfalls kommt es ihr so vor, aber sie tut, als bemerke sie es nicht.

Sie isst ihre Muscheln, trinkt den Wein aus und beschließt, bald schlafen zu gehen. Sie ist müde. Für diese Nacht hat sie sich in einem kleinen Hotel an der Uferpromenade auf der anderen Seite der Bucht einquartiert.

Sie zahlt und steht auf. Die alten Männer am Nebentisch beachten sie nicht. Als sie gekommen ist, haben sie sie abweisend gemustert, inzwischen ignorieren sie sie.

Sie geht ins nächtliche Dunkel hinein. Aus den Augenwinkeln sieht sie, dass der Mann, der sie an Micky erinnert hat, ebenfalls aufsteht. Das hat nichts zu bedeuten, sagt sie sich, ist aber doch erleichtert, als sie ihn zum Dorf hin abbiegen und in einer schmalen Gasse verschwinden sieht.

Sie muss das Hafengelände durchqueren, wenn sie zu ihrem Hotel will. Es ist kaum beleuchtet, der unebene Boden ist mit Pfützen bedeckt, die sie erst im letzten Moment sieht, und wenn sie ihnen ausweicht, läuft sie Gefahr, über umherliegendes Gerümpel zu stolpern. Sie flucht innerlich, weil sie den Rückweg vorher, als sie in der Abendsonne zur Taverne schlenderte, nicht bedacht hat.

Zwei grölende Gestalten tauchen plötzlich am anderen Ende ihres Weges auf, noch sieht man nur ihre Umrisse gegen den nachtblauen Himmel, aber sie kommen schwankend näher. Das Schwanken beruhigt sie. Betrunkene, sagt sie zu sich, nur Betrunkene.

Die torkelnden Gestalten entpuppen sich als kräftige junge Männer, alkoholisiert offensichtlich, aber nicht so sehr, dass sie im Notfall leicht außer Gefecht zu setzen wären, abgesehen davon, dass sie zu zweit sind. Christl fühlt Angst in sich aufsteigen, bemüht sich aber, scheinbar gleichmütig weiterzugehen, auf die beiden zu, weil sie Weglaufen für provozierend hält. Die Männer kommen lärmend heran, sie weiß nicht, ob sich ihr lallendes Geschrei auf sie bezieht und wie viel Aggression darin steckt.

In diesem Moment, als sich doch Furcht um ihre Kehle legt, taucht plötzlich aus dem Dunkel neben ihr der Typ auf, der sie an Micky erinnert, und ist an ihrer Seite. Er lächelt ihr zu und geht mit ihr festen Schritts den brüllenden Burschen entgegen. Als sie ihn erblicken, werden sie augenblicklich leiser. Sie beschleunigen ihr Tempo, verstummen und drücken sich hastig an Christl und ihrem Begleiter vorbei.

Nix gut hier, sagt der falsche Micky freundlich, nix gut hier gehen allein.

Christl nickt. Sie überlegt, ob er ihr nachgegangen ist, um sie zu beschützen, oder ob er eine neue Gefahr darstellt. Sie gehen jetzt an einem offensichtlich aufgelassenen Hafenbecken entlang, Christl hat auf dem Herweg gesehen, dass kaum Wasser drin ist, nur der Rest einer stinkenden Brühe dümpelt darin vor sich hin. Der Mann, der sie jetzt nicht mehr an Micky erinnert, lächelt sie wieder an und greift nach ihrer Tasche, die sie vor sich an ihrem Bauch trägt und deren Riemen schräg über ihre

Brust und ihren Rücken verläuft. Sie wehrt sich nicht. Er zieht mit einem Ruck an der Tasche, aber der Riemen hält stand. Heftig zerrt er erneut und danach ein drittes Mal, bis der Riemen endlich reißt. Christl, die durch sein Zerren und Reißen ins Taumeln gekommen ist, verliert endgültig den Halt und kippt rückwärts der trüben Brühe hinter ihr entgegen. Das Fallen kommt ihr lang vor, sie würde gern verhindern, dass sie in der ekelerregenden Suppe landet, aber sie weiß, dass es gleich passieren wird. Dann spürt sie den kantigen Stein, auf dem sie mit dem Hinterkopf aufschlägt.

Wir erfuhren von Christls Ableben erst, als sie schon einige Wochen tot war. Man hatte sie ohne Papiere gefunden und konnte sie nicht geich identifizieren. Die Umstände ihres Todes wurden nie ganz geklärt. Sie lag in einem aufgelassenen Hafenbecken, ertrunken in kaum mehr als knöcheltiefem Wasser. Sie war wohl ohnmächtig nach einer Kopfverletzung durch einen Sturz auf einen der Felsbrocken, die dort herumlagen. Die Polizei fand nie heraus, ob sie gestoßen worden oder von selber ins Wasser gefallen war. Angeblich war sie nicht alkoholisiert, aber wir zweifelten daran.

Das Wahrscheinlichste ist doch, sagte Monas Mann Peter, dass sie sich dort irgendeinen Gigolo angelacht hat und sturzbesoffen war, als sie ins Wasser gefallen ist.

Aber wieso hat sie der Gigolo nicht herausgezogen?, fragte Angela. Peter zuckte die Achseln. Was weiß ich. War vielleicht nicht mehr bei ihr. Oder selber besoffen.

Ihre Tasche war weg, sagte Mona.

Ja, und?, fragte Peter.

Die Polizei vermutet, sie wurde ausgeraubt.

Passt doch, sagte Peter. Sie lacht sich einen Gigolo an, der raubt sie aus und am Ende landet sie im Wasser. Traurige Geschichte, aber – selber schuld.

Warum es Christl im März auf eine kalte und kahle griechische Insel gezogen hatte, war uns schleierhaft, aber im Grunde spielte es keine Rolle. Christl hatte uns schon öfter in Erstaunen versetzt, da kam es auf diese letzte kleine Unklarheit nicht mehr an.

Sascha und Melanie reagierten auf die Nachricht vom Tod ihrer Mutter mit gefasster Trauer, Melanie weinte viel, aber nach einiger Zeit fing sie sich und fand sich mit dem Verlust ab. Nicola jedoch fiel in tiefe Verzweiflung, Ralph machte sich Sorgen um sie. Sie aß kaum und saß nachts schlaflos vor ihrem Laptop, um sich Bilder von Christl anzusehen. (Ihre Mitbewohnerinnen erzählten es Ralph.) Es dauerte Monate, bis sie wieder halbwegs umgänglich wurde. Ihr Studium vernachlässigte sie zum Glück nicht, das sei sie Christl schuldig, sagte sie einmal zu Angela, die ihr zufällig über den Weg lief. Zu unseren Familientreffen kommt sie nicht mehr.

Ralph hat mittlerweile eine neue Gefährtin gefunden. Sie ist jung und bildhübsch und kommt aus Manila. Wir waren anfangs ein bisschen misstrauisch ihr gegenüber, aber eigentlich lässt sich nichts gegen sie sagen. Sie umsorgt Ralph liebevoll und er macht einen glücklichen Eindruck. Ich kann mir zwar nicht vorstellen, dass die beiden einander viel zu sagen haben – zumal ihr schlechtes Deutsch und sein schlechtes Englisch eine Sprachbarriere errichten –, aber das war ja schon bei ihm und Christl nicht viel anders.

Der Falsche

—

Ich werde dich verlassen müssen, sagt sie spielerisch und sieht ihm beim Essen zu, du bist der Falsche für mich.

Er hat keine guten Tischmanieren, nicht das, was man ihr daheim beigebracht hat, er matscht die Kartoffeln in der Sauce zu Brei und isst hingegeben, wie ein Kind, das allein in der Küche, vorm Fernseher, in sich hineinschaufelt, ohne einen Gedanken daran zu verschwenden, wie das Geschaufel aussieht.

Sie geniert sich für seine Tischmanieren, am liebsten möchte sie ins Lokal rufen, dieser Mann isst wie ein Prolet, aber, keine falschen Schlüsse, er ist Akademiker, hochintelligent und hochgebildet, glauben Sie bitte nicht, dass ich hier mit einem sitze, der unter meinem Stand und unter meiner Würde und unter meinem intellektuellen Niveau ist.

Sie ist ein Snob, das weiß sie, sie steht dazu.

Er hat Tischmanieren, die sie ablehnt, aber trotzdem möchte sie diesen Mann und keinen anderen, nicht den netten, verlässlichen, liebenswürdigen, den es in ihrem Leben selbstverständlich auch gibt. Immer gibt es die Netten, die nicht zum Zug kommen, im Leben von Frauen, wie sie eine ist, integre Charaktere – gut aussehend, fürsorglich, wirtschaftlich potent und bereit, zu teilen –, die sich eine wie sie einbilden, weil sie nicht zu kriegen ist, während ihnen die guten, vernünftigen, einsichtigen Mädchen, die sie zu schätzen wüssten, nicht gut genug sind.

Würde sie sich nicht diesen Mann einbilden, mit dem sie an einem Tisch sitzt und der isst wie der Egoist, der er ist, wäre sie allerdings nicht halb so interessant für den netten Mann in ihrem Leben. Wahrscheinlich könnte sie dann keinen kriegen. So kriegt sie bloß den hier nicht klein, hat aber die Option, den anderen zu bekommen, der sich im Hintergrund parat hält.

Ich werde dich verlassen müssen, sagt sie, das wird ja doch nichts Rechtes mit dir.

Womit hab ich das verdient?, fragt er. Oder nein, sag es mir nicht, wahrscheinlich hab ich es verdient. Sicher sogar. Sag mir nur, was ich tun muss, um wieder in den Stand der heiligmachenden Gnade zu kommen. Ich tue alles, was du willst.

Der Reiz liegt darin, dass sie wissen, er tut nichts für sie, was ihm unbequem ist.

Armer Liebling, sagt sie, während sie sanft mit dem Zeigefinger über seinen Handrücken fährt, der ausnahmsweise manierlich neben dem Teller liegt (er hat mit dem Essen innegehalten). Du weißt es noch nicht, aber du wirst schrecklich leiden ohne mich.

Doch, sagt er, ich weiß es. Ich würde furchtbar leiden. Wann ist denn nun diese Vernissage?

Ich hab's dir schon gesagt.

Sag es mir noch einmal.

Wozu? Du kommst ja doch nicht. Also vergiss es.

Nein, ich werde dort sein. Du musst mir nur sagen, wann und wo.

Er wird nicht dort sein. Vielleicht aber doch. Die Spielchen frustrieren sie, und zugleich ist sie süchtig danach.

Du glaubst es nicht. Aber wenn ich jetzt dann zur Tür hinausgehe, werde ich nicht wiederkommen.

Nein. Das sagt sie nicht, denn wenn sie es sagt und sich nicht daran hält, verliert sie an Terrain. Nicht zu viel vorhersehbares Scheitern.

Er hat eine Schwäche für Frauen, die er für zartbesaitet hält. Nicht sehr originell, aber so ist es. Sie hält er für robust. Sie fühlt sich zartbesaitet, aber sie korrigiert ihn nicht. Wenn sie ihn davon überzeugen muss, dass sie schwach und ohnmächtig ist, damit er sie begehrt, will sie ihn nicht.

Er begehrt sie ja. Er sagt, dass er sie begehrt, und dann entzieht er sich. Anfangs, als er pflegeleicht schien, als sie noch nicht wusste, dass seine Beteuerungen, seine Ankündigungen, seine Tollpatschigkeit ein Spiel waren, das Vorspiel zu seinen Rückzügen, war sie kurz davor gewesen, ihn nicht mehr zu begehren. Das Einrennen offener Türen hat sie noch nie interessiert.

Aber seine Abwehr ist keine Reaktion auf ihr seinerzeitiges Beinahe-Erkalten. Sie bezweifelt, dass er es bemerkt hat. Er spielt mit ihr, nicht, um ihren Spieltrieb zu bedienen, sondern aus eigenem Bedürfnis.

Legt er seine Vorbehalte bei den Zarten – die sie nicht für zart, sondern für hinterfotzig hält – wirklich ab? Oder benützt er sie nur als Ausrede, um seine Unfähigkeit zu kaschieren?

Der nette Mann in ihrem Leben ist übrigens gar nicht so nett. Bloß langweilig. Warum glaubt man immer, dass langweilig gleich nett bedeutet? Er ist Geschäftsmann. Er kalkuliert. Sie entspricht seinem Anforderungsprofil. Man kann sich mit ihr sehen lassen. Sie ist gebildet, man kann ihr zuhören. Und sie ist nicht leicht zu kriegen. Alles wertsteigernde Faktoren.

Das Leben mit ihm wäre einigermaßen klar. Eine bürgerliche, geordnete Gemeinsamkeit zur Kumulation von Wohlstand und behaglichem Ansehen. Kein dramatisches Ansehen, bloß ein komfortables, sorgfältig gepolstertes Sozialprestige, klimatisiert. Gut möglich, dass er sie abservierte, wenn sie ein nur ihm bekanntes Ablaufdatum überschritten hätte. Zum Glück will sie ihn nicht.

Was würde sie machen, wenn sie diesen hier bekäme? Wenn er sich ihr, nun, da sie eine Kapitulation hoch genug schätzte, schnurrend vor die Füße werfen würde? Will sie sich und ihn an einen gemeinsamen Alltag ausliefern? Will sie das?

Oh ja. Sie fühlt plötzlich eine heftige Sehnsucht danach, morgens neben ihm in einem Badezimmer zu stehen, Zähne putzend an einem Doppelwaschbecken, vor dem Aufbruch in einen Arbeitstag, an dessen Ende ganz selbstverständlich wieder ein Zusammentreffen wartet.

Sie zieht ihre Hand zurück. Was ist los?, fragt er.

Er kommt zur Vernissage. Er nimmt ihren Arm und dirigiert sie durch die Menge, der Lärmpegel ist hoch, sein Mund streift ihr Ohr, als er sich zu ihr beugt, damit sie ihn besser versteht. Bestimmt wirken sie wie ein inniges Paar.

Sie lässt sich hineinfallen in diese trügerische Harmonie. Irgendwo im Hinterkopf das Signal, das sie auf die unausbleibliche Enttäuschung vorbereitet, noch schwach, aber vorhanden, sie hat Erfahrung mit unausbleiblichen Enttäuschungen, die Zeiten, in denen sie überrollt wurde und den Boden unter den Füßen verlor und ums Auftauchen und Luftholen kämpfen musste, sind vorbei.

Sie lässt sich von seinem Arm dirigieren, hingegeben an den Augenblick, wenn sie eine falsche Bewegung macht, wird sie klirrend zerspringen wie Glas. Aber er hält sie ja für robust. Ahnungslos. Ein ahnungsloser, unsensibler Bär, manchmal möchte sie wütend an seine Brust trommeln und an ihm rütteln. Wie kann sie sich einen Mann in den Kopf gesetzt haben, der so wenig von ihr wissen will?

—

Ihre Mutter kam Ende der Sechzigerjahre nach Wien, um hier zu studieren. Sie war ein Kind des ländlichen Proletariats und hatte als erste in der Familie maturiert, an der Handelsakademie. Ihre

Klassenvorsteherin in der Hauptschule hatte die Eltern bekniet, sie dorthin zu schicken. So talentiert sei sie, ewig schade wäre es um diesen klugen Kopf. Das Engagement der Lehrerin war nicht selbstverständlich, im Allgemeinen herrschte die Ansicht vor, dass Gott seine Geschöpfe mit Bedacht platziere, weshalb jedes seinen durch Geburt vorgegebenen Standort akzeptieren und an ihm sein Bestes geben müsse, basta.

Die Volksschullehrerin hatte zu den Großeltern gesagt, machen Sie das nicht, schicken Sie sie lieber arbeiten, Sie tun ihr nichts Gutes, wenn Sie ihr Flausen in den Kopf setzen, sie passt dann dort nicht hin und wird unglücklich sein.

Die Großeltern erzählten es bei einem der wenigen Male, die Sandra sie besuchte. (Großeltern – es kommt ihr nach wie vor seltsam vor, sie auch nur in Gedanken so zu nennen, sie hat kaum etwas gemein mit ihnen, eine Empfindung, die offenbar auf Gegenseitigkeit beruht, denn auch die Alten behandeln sie nicht wie eine geliebte Enkelin). Vorwurfsvoll klangen sie, als sie die Volksschullehrerin zitierten, der Vorwurf galt der anderen Lehrerin, der, die erreicht hatte, dass sie auf den gut gemeinten Ratschlag nicht hörten. Man sieht ja, was herausgekommen ist, fügten sie hinzu, als sei der Unfall eine direkte Folge des Verstoßes gegen die Klassenschranken gewesen. Der Unfall und Sandras Existenz. Ein uneheliches Kind, das Produkt von Flausen, die es zu verhindern gegolten hätte.

Sandra. Der Name ein ständiger Hinweis auf das Herkunftsmilieu der Mutter. Von der Arbeitgeberin ihrer Mutter – *Tante Lilli* für Sandra – und deren Kindern stets mit leicht ironischem Unterton ausgesprochen, jedenfalls kam es ihr so vor. Mit dem zweiten Namen heißt sie Johanna, aber als ihr aufging, dass sie darauf bestehen hätte sollen, so gerufen zu werden, war es schon zu spät, Sandra klebte bereits an ihr. Unverständlich, dass die Mutter, die sonst viel daran gesetzt hatte, ihrer Kinderstube zu entkommen, bei der Namensgebung zurückgefallen war in die dörfliche Sitte, in die Yellow-Press-Schublade zu greifen, so, als sichere es Kindern eine glamouröse Zukunft, wenn man sie nach Vorbildern aus der großen weiten Welt benannte, Schlagerstars, Filmschauspielerinnen oder reichen Erbinnen.

Tante Lillis Schwager gehörten die Wälder, in denen Sandras Großvater Holzarbeiter war, und das kleine Schloss, in dem Tante Lilli mit ihren Kindern die Sommer verbrachte. Als Sandras Mutter den Entschluss fasste, Pharmazie zu studieren, suchte Tante Lilli gerade ein anstelliges Mädchen vom Land, das gegen Kost, Quartier und wenig Geld ihren Haushalt und ihre Kinder versorgen sollte.

So kam Sandras Mutter in Tante Lillis Haus. So kam Sandra in Tante Lillis Haus, aber erst drei Jahre später, als sie geboren wurde. Tante Lilli stellte es gerne so dar, als ob Sandras Vater nie die Absicht gehabt hätte, ihre Mutter zu heiraten, doch Sandra weiß, dass das nicht stimmt. Sie wollten heiraten, sobald sie beide mit dem Studium fertig waren. Sandra war nicht geplant, das ist klar. Dass ihre Mutter sich dennoch entschloss, sie zu kriegen, ist ein Beweis für die Ernsthaftigkeit ihrer Beziehung zu ihrem Vater. Abtreibung war damals zwar verboten, aber nicht unmöglich, wenngleich teuer. Sandra ist überzeugt, dass es ihren Eltern möglich gewesen wäre, Geld aufzutreiben, wenn sie unbedingt abtreiben hätten wollen.

Das Studium der Mutter zog sich. Erst einmal kam sie drauf, dass Pharmazie so gut wie unvereinbar war mit der Betreuung eines gutbürgerlichen Haushalts, weswegen sie nach vier Semestern auf Jus umsattelte. Jus erforderte keine Anwesenheit im Labor und weniger Anwesenheit bei Vorlesungen, sie konnte nachts zu Hause lernen, sofern sie dazu wach genug war nach einem 14-Stunden-Arbeitstag. Tante Lillis Anforderungen waren hoch, oft rief sie auch spätabends noch nach der Mutter, weil sie sich schon hingelegt hatte und zu faul war, sich selber ein Glas Wasser zu holen. (Offiziell waren es migräneartige Kopfschmerzen, die sie daran hinderten aufzustehen, aber Sandra war einmal, als Tante Lilli angeblich Migräne hatte und den Nachmittag im Bett verbringen musste, in ihr Schlafzimmer gekommen und hatte gesehen, wie sie in einem Buch las und sich dabei eine Schokotrüffel in den Mund schob.) Erst nach dem Tod von Sandras Mutter musste Tante Lilli ihre hochherrschaftlichen Allüren aufgeben, denn es fand sich nie wieder eine Hilfskraft, die bereit war, auf den Handel *Familienanschluss gegen Ausbeutung* einzugehen.

Das Studium des Vaters zog sich, weil er erstens etwas Langwieriges studierte (Technische Physik, glaubt Sandra, ist sich aber nicht sicher) und zweitens ebenfalls nebenher jobbte.

Das Auto, in dem sie verunglückten, gehörte nicht ihnen – sie konnten sich kein eigenes Auto leisten –, sondern einem Freund, der sie und sich und eine weitere Freundin mit 1,6 Promille im Blut, wie sich später herausstellte, gegen eine Leitplanke der Westautobahn fuhr. Sie waren auf einer Geburtstagsfeier in Pressbaum gewesen.

Tante Lillis Tochter Marie Christine, damals fünfzehnjährig, hatte sich gnädig bereit erklärt, auf Sandra aufzupassen. Viel hatte sie dabei nicht zu tun gehabt. Sandra schlief tief und fest in ihrem Bett im Zimmer ihrer Mutter, als es passierte.

Tante Lilli übernahm ihre Vormundschaft, und dafür ist Sandra ihr heute noch dankbar. Denn andernfalls hätte sie aufs Land müssen, zu den fremden Großeltern, in das fremde Dorf, in ein baufälliges Haus, wo im Sommer die Fliegen vom Misthaufen im Hof in die Küche kamen und sich aufs Essen setzten, wo die Kinder einen Dialekt sprachen, den sie lernen hätte müssen wie eine neue Sprache, und wo sie gehänselt wurde, weil sie Hochdeutsch redete.

Sie hat es damals, fünfjährig, nicht begriffen, dass diese Gefahr drohte, erst später, als sie die Großeltern ab und zu besuchte (in Tante Lillis oder Marie Christines Begleitung), weil Tante Lilli fand, dass sie ihnen das schuldig war, wurde ihr bewusst, welcher Kelch an ihr vorübergegangen war.

Die Großeltern hatten, wie sie erfuhr, keinerlei Anstalten gemacht, sie für sich zu beanspruchen, sondern erleichtert eingewilligt, als Tante Lilli ihnen vorschlug, dass Sandra bei ihr bleiben solle.

Die Eltern ihres Vaters waren gleichfalls nicht an ihr interessiert. Sie lebten irgendwo in Vorarlberg, arme Leute auch sie, streng katholisch, und hatten das schlampige Verhältnis ihres Sohnes mit Sandras Mutter missbilligt. Für das Produkt der Sünde hegten sie keine verwandschaftlichen Gefühle.

Tante Lilli ließ den Tisch stets mit altem Porzellan und schwerem Silberbesteck decken. Es gab Stoffservietten, zu jeder Mahlzeit frische. Tante Lilli machte aus ihrer Verachtung für kleinbürgerliche Gebräuche keinen Hehl. Serviettenringe fielen für sie unter spießig, mit beißendem Spott beschwor sie das Bild trostloser Frühstückspensionen, die damit zu assoziieren seien.

Sandra lernte früh, mit dem schweren Silberbesteck zu hantieren, anfangs eine nahezu akrobatische Leistung. Hätte sie nicht Angst vor Tante Lilli gehabt, wäre ihr der Suppenlöffel wahrscheinlich aus der Hand gefallen, so aber zwang sie sich, ihn mit aller Kraft schwankend zum Mund zu führen.

Sie sagte *Tante Lilli* und *Sie*. Vor Damenbesuchen knickste sie. *Küss die Hand* war die angebrachte Begrüßungsformel (das mussten auch Marie Christine und Thomas sagen, wenn Tante Lillis Freundinnen kamen). Sie durfte das Zimmer ihrer Mutter behalten, zumal es ohnehin keine Wirtschafterin mehr gab, die im Haus lebte. Auch als Thomas und Marie Christine auszogen, blieb Sandra in dem Raum hinter der Küche wohnen. Tante Lilli verwaltete ihre Waisenrente, sie war niedrig, und Tante Lilli teilte ihre Ausgaben ein.

Als sie älter war, wurde sie für kleine Hilfsdienste im Haushalt herangezogen, aber nur für solche, die auch andere Mädchen daheim leisten mussten. Marie Christine hatte zwar zu Hause nie einen Finger gerührt, doch das stand nicht zur Debatte.

Die Wirtschafterin – sie kam morgens, ging abends und bezog im Gegensatz zu Sandras Mutter ein anständiges Gehalt – wusch und bügelte für sie wie für alle anderen Mitglieder des Haushalts. Sandra lernte, Personal höflich, freundlich und distanziert zu behandeln.

Schulkollegen oder Freundinnen Sandras kamen nie ins Haus, das hatte sich ohne Absprache so ergeben.

Ich wohne bei meiner Tante, sagte Sandra in der Schule. Allenfalls ein einziges Wort darüber, wieso sie keine Eltern hatte: Autounfall. Mehr nicht. Die anderen fanden sich mit ihrer diesbezüglichen Verschwiegenheit ab. Davon abgesehen war sie witzig, unterhaltsam, gesprächig, gesellig. Allerdings streng gehalten von der ominösen Tante. Knappe Ausgangszeiten. Gute Noten eine Selbstverständlichkeit.

Tante Lilli bemühte sich nie zu einem Sprechtag. Du lernst in *deinem* Interesse, sagte sie, und was bei Eltern eine hohle Formel war, vor der man die Ohren verschloss, klang bei ihr durchaus glaubwürdig.

Sandra hat die Fertigkeit erworben, auf schmalen Graten die Balance zu halten. Links und rechts die drohende Tiefe, aber sie lässt sich die Freude an der Aussicht nicht nehmen.

Ab und zu kam Tante Lillis Bruder zu einer ernsten Aussprache hinter verschlossenen Türen. Danach schickte er ja doch wieder Geld. Ab und zu verschwand die eine oder andere Antiquität, am Ende von Tante Lillis Leben war die Wohnung ziemlich leer, was ihr aber eine noble Weite verlieh. Tante Lilli verzichtete lieber auf alte Erbstücke als auf eine Wirtschafterin, die ihr das Banale abnahm. Sie las, besuchte Ausstellungen und war einsichtig genug gewesen, das Malen nach ein paar Versuchen aufzugeben.

Zu Konzerten wurde sie mitgenommen. Ins Ausland wurde sie eingeladen, ihre Freunde hatten Häuser oder Wohnungen in Italien, auf den Balearen, in Hamburg und New York. Sandra lernte, dass es sich billiger lebte in der guten Gesellschaft: Man bekam geschenkt, wofür andere zahlen mussten. Allerdings hatte Tante Lilli manchmal Mühe, das Geld für den Flug nach Ibiza oder die Bahnfahrt nach Hamburg zusammenzubringen, die Billigfluglinien kamen erst in ihren allerletzten Lebensjahren auf.

Sandra ging nie ans Grab ihrer Mutter. (Der Vater war auf Wunsch seiner Eltern in Vorarlberg bestattet worden.) Tante Lilli hasste Friedhöfe. An die Toten erinnert man sich dort, wo sie lebendig waren!, sagte sie apodiktisch.

Sandra hat nur leider kaum Erinnerungen an ihre lebendige Mutter. Es gab auch nie jemanden, der ihr geholfen hätte, welche wachzurufen oder ein Bild von ihr zu malen, das halbwegs übereingestimmt hätte mit den flüchtigen Eindrücken, die ihr geblieben waren, ein Gesicht, das sich morgens über sie beugte (breite Wangenknochen, kurze Nase), lockige Haare, die nach vorn fielen, der Klang einer Stimme, zunehmend melodisch, je größer der zeitliche Abstand wurde.

Was die Großeltern über ihre Tochter, das Kuckuckskind, redeten, hatte nichts damit zu tun. Die Großeltern sprachen mit gottergebener Feindseligkeit von ihr, einer, die sie immer enttäuscht hatte, nicht bereit, das Leben zu führen, das sie für sie vorgesehen hatten.

Tante Lilli spendete sachliches Lob, wenn die Rede, selten genug, auf Sandras Mutter kam. Ein tüchtiges Mädchen. Hat es nicht leicht gehabt. Aus solchen Verhältnissen. Ehrlich. Anständig. Manchmal ein bisschen unvernünftig. (Ihr gegenüber saß Sandra, die Fleisch gewordene Unvernunft ihrer Mutter.)

Lob für einen Dienstboten. Kein Versuch eines Entwurfs der Mutter als romantische Person. Wie hatte ihr Vater sie gesehen?

Bloß als ehrliches, anständiges, tüchtiges Mädchen aus behindernden Verhältnissen? Wohl kaum.

—

Er ist geschieden. Was hat seine Frau, das alle anderen – Sandra eingeschlossen – nicht haben? Sandra kennt sie vom Sehen, eine schmale, dunkelhaarige Person mit verschlossenem Gesicht, mürrisch und unverbindlich.

Meine Frau, sagt er, wenn er von ihr redet. Nicht meine Ex-Frau, nicht ihren Vornamen, sondern meine Frau.

Das war nichts mehr mit uns, sagt er knapp, wenn er auf seine Ehe zu reden kommt. Da ging nichts mehr.

Er sagt es so, dass man den Eindruck gewinnen muss, er hätte die Scheidung betrieben, weil er sein Leben nicht mehr teilen mochte mit einer Person, mit der nichts mehr ging. Aber wer weiß, vielleicht hat ja sie ihn verlassen, gegen seinen Willen, und er trauert ihr insgeheim bis heute nach?

Oder er will lediglich genau diesen Eindruck erwecken, damit er in Ruhe gelassen wird. Frauen sind sentimental. Es erscheint ihnen plausibel, dass einer, der sich verwundet vom Schlachtfeld der Liebe gerettet hat, vorsichtig und zögernd geworden ist.

Sie beschließt, dass sie ihn sich nicht als Geschlagenen vorstellen mag. Und wie auch immer seine Ehe auseinandergegangen ist, Tatsache bleibt, dass es sie gegeben hat, was die Frau, die er beharrlich seine nennt, zu einer Ausnahmeerscheinung macht unter den Frauen in seinem Leben, eine, die ihm gemeinsame Zukunftspläne wert war und zu der er sich öffentlich bekennt.

Sie verbietet sich aggressive und einschüchternde Fantasien über seine Frau, das Fabelwesen, das verdammt noch einmal auch nur ein Mensch sein kann.

—

Als sie volljährig war, machte ihr Tante Lilli nicht länger den Finanzminister (ein Amt, das sie in Anbetracht ihrer eigenen finanziellen Misere erstaunlich verantwortungsvoll ausgeübt hatte). Sandra solle mit ihrer Waisenrente wirtschaften, wie sie wolle.

Sie hatte zunächst vor auszuziehen, aber es stellte sich heraus, dass eine eigene kleine Wohnung unerschwinglich war, und in eine WG wollte sie nicht übersiedeln. Sie war Standards in puncto Reinlichkeit und Ordnung gewohnt, die sie in einer WG allenfalls mit ständigen Kämpfen – und indem sie den Löwenanteil an der Putzarbeit übernahm – durchsetzen hätte können. Das schien ihr unangemessener Kräfteverschleiß. Sie zahlte Tante Lilli Miete für ihr Zimmer und partizipierte weiterhin an einem häuslichen Service, der ihr gewaschene und gebügelte Wäsche sowie ein blitzsauberes Bad garantierte.

Tante Lillis Sohn Thomas war dagegen, dass sie Medizin studierte. Sie nehme sich zu viel vor. Sie überschätze sich und ihre Möglichkeiten. Er ließ anklingen, dass sie genetisch auf eine bescheidenere Ausbildung programmiert sei. Warum nicht Sekretärin? Oder Volksschullehrerin? Gemessen an dem, was ihre Großeltern waren, wäre das doch ein enormer Aufstieg. Tante Lilli widersprach ihm nicht. Sandra inskribierte trotzdem Medizin. Du wirst keinen Turnusplatz kriegen, warnte Thomas. Er selber hatte einen gekriegt, Tante Lilli hatte zwei oder drei ihr bekannte Primarärzte angerufen. Sandra wusste, dass sie, wenn es so weit war, auf keinerlei derartige Unterstützung zählen konnte. Sie bekam dann aber trotzdem einen Turnusplatz, wegen ihrer guten Zeugnisse und mit Glück.

Marie Christine, die in der Sechsten das Gymnasium abgebrochen und nachher eine Schnellsiedekurs in Gesichts- und Handpflege gemacht hatte, war inzwischen mit einem sogenannten Unternehmer verheiratet, dessen Unternehmen auf kühnen Finanztransaktionen beruhten. Marie Christine und er lebten auf großem Fuß, und gerade als ihnen ihre Schulden über den Kopf zu wachsen drohten, starb Marie Christines Onkel und hinterließ ihr ein beträchtliches Stück Wald, das ihren Mann vor dem Konkurs rettete.

Sandra hatte, solange sie ein kleines Mädchen war, Marie Christine bewundert und verehrt. Das legte sich. Inzwischen hält sie sie für dumm und anmaßend. Trotzdem blieb sie höflich. Dass sie ihre kindliche Verehrung ablegte, verstand sich aus ihrem zunehmenden Alter.

Marie Christine behielt ihre gönnerhafte Herablassung Sandra gegenüber bei, sie wurde umso gönnerhafter, je mehr sie befürchten musste, dass der Unterschied zwischen ihrer und Sandras Intelligenz zutage trat.

Doch nach dem abgewendeten Konkurs kam sie eines Tages ins Haus und warf Sandra vor zu schmarotzen. Was tust du hier noch, wie lange willst du meiner Mutter noch auf der Tasche liegen?

—

Sie kann keine fünf Minuten in seiner Nähe sein, ohne dass sie das Bedürfnis überkommt, ihn zu berühren. Es gab Männer, mit denen sie leidenschaftlichen Sex hatte und zu denen sie in der Öffentlichkeit (oder auch mit ihnen allein, sofern sie gerade keinen Sex mit ihnen hatte) mühelos Distanz hielt. Diese Sucht, wenigstens seine Hand zu fassen, seine Finger zu spüren, flüchtig seine Wange zu streifen, sich kurz an ihn zu lehnen, ist ihr nicht ganz neu, aber sie hat sie noch nicht oft erlebt. Es geht ihr nicht um die Beschwörung von Vertrautheit – je weniger Vertrauen, desto mehr Beschwörung, würde die küchenpsychologische Deutung lauten –, sondern um taktile Erregung und Befriedigung zugleich. Rätselhafte Chemie. Warum gerade er? Warum gerade sie für ihn (denn auch sie lässt ihn alles andere als kalt)?

Im Allgemeinen fühlt sie sich zu Männern hingezogen, die den geltenden Maßstäben zufolge attraktiv sind. Sie ist durchaus anspruchsvoll, was die physische Beschaffenheit und das Styling angeht, pickelige Haut, schlechte Zähne, wabbelndes Fleisch sind Ausschließungsgründe, ebenso brave Mondgesichter, trostlose Anzüge, ein Mangel an markanten Merkmalen, langweilige Verwechselbarkeit.

Bei ihm ist ihr egal, wie er auf andere wirkt. Als eine Freundin ihr sagt, dass sie sie verstehen könne, weil er etwas an sich habe, das kurze Beine und schlampige Hemden vergessen lasse, ist sie erstaunt. Sie registriert seine Defizite, manchmal geniert sie sich für sein Benehmen (für seine Tischmanieren, zum Beispiel), aber im Grunde kann er machen, was er will, und ausschauen, wie er will, ohne dass es etwas an seiner Anziehung für sie ändert. Allerdings hat sie geglaubt, dass diese unerklärliche Kraft nur auf sie wirkt, und als ihre Freundin ihr sagt, dass sie sie ebenfalls spürt, ist sie überrascht; zugleich fühlt sie sich bestätigt.

Er diktiert die Spielregeln. Er kommt, wann er will, er zieht sich zurück, so lange, wie er will. Bis hierher und nicht weiter. So viel und nicht mehr. Sobald sie aufbegehrt, ernsthafte Aussprachen sucht, sich Verstörung anmerken lässt, bietet er großzügig getrennte Wege an. Ich will dich nicht vereinnahmen. Wenn ich dir eine Last bin, bitte.

Er hat sie nicht nötig. Sie ihn schon.

Wenn sie sich zahm verhält, belohnt er sie mit Beteuerungen, wie sie sie gerne hören würde, wenn sie sie noch glauben könnte. Ich brauch dich doch. Ich fress dir doch ohnehin aus der Hand.

Natürlich würde sie keine der Ehen führen wollen, die rund um sie geführt werden. Materialisierte Banalität. Jede eine Pflichtenerledigungs-GesmbH. Geschwisterlichkeit statt Leidenschaft, im besten Fall.

An guten Tagen, an denen sie sich geliebt fühlt, strahlt sie Unwiderstehlichkeit aus. Sie geht durch die Stadt und spürt ihren

Körper als Verlockung. Sie lächelt fremden Menschen zu und hat sie schon für sich gewonnen. Jede zufällige Begegnung eine Einladung, die sie annehmen könnte.

Autofahrer bleiben stehen und lassen sie galant die Straße überqueren, obwohl sie nicht beim Zebrastreifen wartet. Türen werden ihr aufgehalten, bereits von Weitem. Man wartet mit dem Lift auf sie. Die meistens übellaunige Röntgenassistentin bewundert ihren Haarschnitt. Sie kommt in ein heiteres Gespräch mit der Frau, die vor ihr in der Warteschlange an der Supermarktkassa steht. Sie findet mitfühlende Worte für die geplagte Kassierin. Sie ist liebenswürdig zu jedem und allen. Sie verteilt ihr Glück.

Später, wenn sie wieder einmal wie ein geprügelter Hund durch den Tag schleicht und nichts zu verteilen hat, kann es sein, dass sie sich in Nebensächlichkeiten verbeißt, um den Glücklichen ihr Glücklichsein heimzuzahlen.

Wenn sie sich mit ihm trifft, muss sie funkeln und strahlen. Fahle Melancholie und Vorwurf in Blick oder Stimme verscheuchen ihn. Mach mir Lust auf mehr, nicht auf weniger, sagt er warnend, sobald sie sich im Ton vergreift, sein Lächeln dabei eine eisige Zurechtweisung. Jedes Zusammensein ein glitzerndes Getändel, vorsichtige Kritik in Pointen verpacken, immer alles in Schwebe, Unzufriedenheit als Scherz, wenn sie sie als Halbwahrheit daherkommen lässt, ist sie schon zu weit gegangen.

Er ist einsichtig. Er sagt: Ich weiß, ich bin ein Narr. Das erklärt und entschuldigt seiner Meinung nach alles. Ihr bleibt die Rolle derjenigen, die sich auf seinen unberechenbaren Charakter einstellen soll. Wann ist ihr der Part der Kapriziösen abhanden gekommen? Wie hat sie es früher geschafft, die Koloratur-Arie der Schwierigen zu singen und damit zu punkten?

In ihrer Geschichte mit ihm sammeln sich die kleinen Abschiede, vielleicht summieren sie sich einmal zu einem großen, nein, bestimmt werden sie zum endgültigen führen, es steht nur noch nicht fest, wer ihn ausruft. Sie wird gewappnet sein, denkt sie sich manchmal. Das Abschied-Üben härtet sie ab; das Warten auf eine SMS, einen Tag lang und schon wieder einen, die nicht oder zu spät oder unzureichend beantworteten E-Mails, sein viel zu früher Aufbruch, weil schon wieder irgendein unaufschiebbarer Termin auf ihn wartet, wichtiger als sie – lauter Abschiede. Sie schaut mittlerweile nicht mehr alle halben Stunden nach, ob endlich eine Nachricht von ihm eingetroffen ist, sie erwartet schon nicht mehr, eine E-Mail von ihm vorzufinden, wenn sie ihren Posteingang checkt, eine Art hoffnungslose Gelassenheit überkommt sie, wenn er wieder einmal verschollen bleibt, in ihren Augen ein Anzeichen für die Agonie, auf die ihre Liebe zusteuert. Aus nie besprochenen Gründen telefonieren sie kaum. Vielleicht hat er genauso viel Scheu wie sie, im falschen Augenblick anzurufen und damit in einen Bereich ihres Lebens vorzudringen, in dem er fehl am Platz ist.

Noch erweckt er ihre Freude an seiner Nähe, ihre augenblickliche Berührungssehnsucht schlagartig zum Leben, sobald er auftaucht oder eine seiner kunstvoll beiläufigen Liebesbeteuerungen schickt, mit denen er so tut, als verstehe sich ihre Zusammengehörigkeit von selbst.

Sie geht mit dem netten Mann aus. Erst Konzert im Musikverein (Beethoven, Mahler und – als Alibizugeständnis an die Moderne – Philip Glass), danach Essen bei einem Szene-Italiener. Der nette Mann ist wohlerzogen, er hält sich beim Schlendern durch die Stadt an ihrer linken Seite, geht ihr voran in den Dschungel des Restaurants, räumt ihr in Ermangelung von Lianen Türen aus dem Weg, setzt sich erst, nachdem sie sich gesetzt hat – Tante Lilli hätte ihre helle Freude an ihm. Und wenn Sandra auch, anders als Tante Lilli mit ihren altmodischen Vorstellungen von *Damen* und *Herren*, nicht findet, dass Kavaliersgesten strukturelle Gerechtigkeit ersetzen, so hält sie doch andererseits Rüpelhaftigkeit für keinen ausreichenden Beitrag zu einem neuen Genderverständnis. Insofern lässt sie sich die Tanzschulmanieren des netten Mannes gerne gefallen.

Der nette Mann plaudert gewandt über die gehörte Musik, er setzt sich nicht einmal ins Unrecht, indem er an Philip Glass herumnörgelt. Die Weinkarte studiert er kundig, ohne dass er versucht, über Sandras Kopf hinweg zu entscheiden, was getrunken werden soll.

Seine Firma macht gute Gewinne im Ostgeschäft, er redet über den Ostmarkt, in seinen Worten klingt weder Empathie noch menschenverachtende Gleichgültigkeit für das dortige *Humankapital* durch. Themen, die er behandelt, verlieren den Schrecken der Komplexität, aber auch ihren Reiz.

Sandra möchte vor Überdruss auf den Tisch trommeln. Sie stellt sich sein Gesicht an ihrem vor, seinen Körper in schwer atmendem Aufruhr, und muss an sich halten, um nicht entsetzt aufzuspringen.

Nachher sagt sie, dass sie mit dem Taxi heimfahren will, und er besteht darauf, sie zu einem Standplatz zu begleiten. Sie gehen durch die brodelnde Stadt, sie streng auf Respektabstand bedacht und er ohne Anstalten, ihn zu verringern; bei sich beklagt sie die Verschwendung von Sommerhitze und Sternenhimmel.

—

Als sie zwanzig war, verliebte sich Constantin in sie. Tante Lilli (Sandra wohnte damals noch bei ihr) sagte warnend: Das kann nicht gut gehen. In diesen Kreisen bleibt man unter sich.

Was sie meinte, war, dass Constantin nie mehr in ihr sehen würde als ein schlampiges Verhältnis, und das stimmte im Endeffekt ja auch, bloß mit dem Zusatz, dass er mit den Töchtern aus *seinen Kreisen* lange Zeit ebenfalls nur schlampige Verhältnisse unterhielt, bis er vor Kurzem doch noch heiratete, eine Standesgenossin, die ihm in nicht einmal zwei Jahren zwei Kinder gebar und bereits mit dem dritten schwanger ist.

Constantins Eltern legten die natürliche, fast unschuldige Arroganz der seit Generationen Privilegierten an den Tag, aber Sandra nahm es vernünftigerweise nicht persönlich. Sie war nicht schüchtern. Schüchtern sind die, die etwas zu verlieren haben. Sandra hatte im Alter von fünf schon das meiste verloren. Da war niemand, der sie beschützte, aber auch niemand zu beschützen.

Sie begegnete Constantin und seinen Eltern und den Menschen, die sie bei ihnen traf, ohne Beflissenheit. Ihre höfliche Distanz signalisierte genügend Unabhängigkeit, um sie vor Geringschätzung zu bewahren.

Constantin war ein Schnösel, mäßig intelligent, aber mit dem lässigen Charme der Sonntagskinder. Ein Talent, andere für sich arbeiten zu lassen, eine entwaffnende Einsicht in seine Schwächen und ein von Zeit zu Zeit gekonnt vorgetäuschter Eifer brachten ihn, zusammen mit seinem familiären Hintergrund, durch eine katholische Privatschule und ein Wirtschaftsstudium.

Als Liebhaber war er gewandt, doch eines Tages fing Sandra an, ihn für seine unbefangene Oberflächlichkeit zu verachten. Ihr Körper sperrte sich gegen ihn, noch ehe sie es merkte, es kostete sie zunehmend Anstrengung, mit ihm zu schlafen. Sein kindisches Lachen, die gedankenlose Grausamkeit seines Spotts, seine Vorliebe für dumme Actionfilme, seine Selbstverliebtheit begannen ihre Wahrnehmung von ihm zu beherrschen. Die Unbekümmertheit, mit der er die Welt als Spielplatz sah, hatte sie ursprünglich zu ihm hingezogen, grüblerisch war sie selber, aber nun ging ihr seine Weigerung, irgendetwas wichtig zu finden, auf die Nerven.

Sandra kokste nicht, Constantin schon, was allerdings nicht

ihm, sondern nur seinem Freund Alexander eine Vorstrafe eintrug. In dessen Wohnung fand die Polizei eine größere Menge Kokain. Das passierte, nachdem sie sich getrennt hatten.

Nein, nachdem sich Constantin von Sandra getrennt hatte. Sie hatte schon seit Längerem daran gedacht, mit ihm Schluss zu machen, aber er kam ihr zuvor. Dieses miserable Timing ärgerte sie am meisten.

Tante Lilli gegenüber stellte sie es umgekehrt dar, doch Tante Lilli wusste es besser. (Sie hätte in jedem Fall angenommen, dass Sandra sitzengelassen worden war.) Das war abzusehen, sagte sie befriedigt.

Als Constantin wegen der Kokainaffäre dann in den Zeitungen stand, merkte Tante Lilli an, das erkläre *einiges*. Offenbar war Drogenrausch in ihren Augen eine plausible Entschuldigung dafür, dass ein Spross der Aristokratie sich mit Sandra eingelassen und sie sogar seinen Eltern vorgestellt hatte.

Tante Lilli lebte, seit Sandra sie kannte, ohne Mann. Sie war geschieden, aber darüber wurde nicht gesprochen. Tante Lilli gebärdete sich als Witwe. Über Onkel Robert nur das Allerbeste, wie über einen teuren Verblichenen. Gelegentlich wurden freundliche kleine Erinnerungen an die Zeit mit ihm ins Gespräch gestreut, winzige Mosaiksteinchen, die das Bild einer geglückten Ehe hergeben sollten. Wie das Glück ein Ende fand, blieb im Dunkeln.

Zwei- oder dreimal in all den Jahren kam Onkel Robert zum Tee (weshalb er für Sandra Onkel Robert hieß, ist ein Rätsel, aber tatsächlich sagte Tante Lilli *dein Onkel Robert*, wenn sie zu Sandra von ihm sprach), er saß mit Tante Lilli im Wintergarten, und was sie beredeten, erfuhr Sandra nicht. Onkel Robert ging sonnig, wie er gekommen war, er küsste Tante Lilli zum Abschied die Hand. Sie zog sich danach mit ihrer angeblichen Migräne ins Bett zurück.

Als er starb, ging Tante Lilli nicht zu seinem Begräbnis, um ihrer Nachfolgerin nicht zu begegnen. Sie hüllte sich aber in tiefes Schwarz und suchte ein paar Tage später sein Grab auf – in diesem Fall unterdrückte sie ihre Friedhofphobie ausnahmsweise –, um einen Strauß roter Rosen dort zu deponieren. Onkel Roberts legale Witwe warf ihn auf den Müll. Tante Lilli erfuhr es, weil die Legale sie anrief und ankündigte, dass sie mit künftigen Blumenspenden genauso verfahren würde.

—

Sie hat frei und fährt mit ihrem neuen Auto aufs Land. Sandra liebt bullige Autos mit kräftigen Motoren, die vorwärtsschießen, wenn man das Gaspedal berührt. Sie fährt schnell, aber nicht verantwortungslos, aus den Lautsprecherboxen hämmert rhythmische Musik.

Die Landschaft, in der ihre Mutter groß wurde, ist Hügelland, meistens sanft geschwungen, mancherorts dramatisch aufgeworfen, Wein wächst auf den Hängen und um die Dachgauben der alten Bauernhäuser.

Sandra findet auf unerklärliche Weise Trost im Befahren der kurvenreiche Wege unter Apfelbäumen, im goldenen südlichen Licht einer vergessenen Gegend.

In einem der Orte – oder eigentlich schon außerhalb –, an dem dunklen Fluss, der träge dahinzieht, verborgen hinter dichtem Buschwerk, liegt das Schloss von Tante Lillis Schwager, mit burgartigem Wehrgraben und barocker Fassade, wo an Sommertagen auf der Terrasse mit Freitreppe gefrühstückt wurde.

Tante Lillis Schwester und Schwager hießen Tante und Onkel nur für Thomas und Marie Christine. Von Sandra ließen sie sich mit Nachnamen anreden, sofern sie sie überhaupt zur Kenntnis nahmen. Der Urgroßvater von Tante Lillis Schwager war Textilfabrikant gewesen und hatte mit seinem bürgerlichen Vermögen das ehemals gräfliche Schloss erworben. Seitdem befand es sich im Besitz der Familie, die rotes Blut mit Hochmut kompensierte.

Sandra hatte die Sommer, die sie im Schloss verbrachte, sozusagen auf Zehenspitzen und mit angehaltenem Atem überstanden, mit vierzehn blieb sie erstmals in den Ferien allein in Wien zurück. Marie Christine hatte sich kurz zuvor eine Katze in den Kopf gesetzt, und Sandra erbot sich, daheim zu bleiben, um die Katze zu versorgen. Von da an musste sie nie mehr mitkommen.

Jetzt fährt sie langsam am Schloss vorbei, der Torbogen zur Auffahrt sieht mitgenommen aus, und die Linden neben der Terrasse sind staubig und voll von dürren Ästen. Vor wenigen Jahren ist Tante Lillis Schwager gestorben, die Schwester befindet sich, heißt es, in einem Pflegeheim. Aus dem Torbogen kommt ein Mädchen mit langen, blonden Haaren und in Reithosen heraus, sie führt ein Pferd am Zügel, vielleicht eine Repräsentantin der Enkelgeneration. Thomas' und Marie Christines Cousins und Cousinen haben so ähnlich ausgesehen, nicht wirklich hübsch, aber attraktiv kraft der Gewissheit, dass man sie hübsch zu finden hatte.

Genauso wenig wie die Menschen im Schloss besucht Sandra ihre Großeltern. Einmal hat sie den Versuch unternommen, bei ihnen unterzuschlüpfen. Sie wurden nicht müde, Vermutungen über ihre sicherlich kostspieligen Lebensgewohnheiten anzustellen. Was sie sich alles leisten könne. Wie sorglos sie sein müsse. Du hast es gut getroffen, sagten sie und zählten auf, welche Güter ihnen zu ihrem Glück fehlten.

Danach eine Aufstellung aller Leiden, die in der Verwandtschaft und rundherum grassierten. Eine Litanei medizinischer Fachausdrücke, die meisten verballhornt. Sandra begriff, dass sie den Betroffenen Wichtigkeit verleihen sollten, Krankheit als einzig erwerbbares Statussymbol.

Hast du Durst?, fragte die Großmutter, und Sandra verneinte.

Im Spital trinkt Sandra öfters Kaffee mit Daniel. Er ist Pfleger, ein zierlicher Mann, nahezu unerschütterlich freundlich, mit sanften, braunen Augen. Auf der Station wird er mit gutmütiger Nachsicht behandelt, nachdem sich beim besten Willen keine zwielichtigen Erklärungen für seine irritierende Fürsorglichkeit finden ließen. Eine Zeitlang hieß es, er sei schwul, weil er auf virile Imponiergesten so vollständig verzichtet, aber inzwischen weiß man, dass er eine Freundin und ein offenbar zufriedenstellendes heterosexuelles Liebesleben hat. Seine Freundin ist ein hübsches, unauffälliges Mädchen, nichts deutet darauf hin, dass irgendeine Not sie an die Seite dieses Rollenverweigerers trieb.

Sandra kennt seine Geschichte, er ist eine der erstaunlichen Blüten, die triste Verhältnisse manchmal hervorbringen. Eine trostlose Jugend hat ihn weder zerbrochen noch hart und böse werden lassen, dafür hat sie ihm ein übergroßes Verantwortungsgefühl verpasst.

Sandra möchte ihn aufrütteln. Du willst das Schicksal durch Güte entwaffnen, sagt sie, das ist riskant. Aber er versteht nicht, was sie meint.

Seine Mutter war Alkoholikerin und hat ihm früh die Verantwortung für seine jüngeren Geschwister und Halbgeschwister aufs Auge gedrückt. Bis heute kommen sie mit ihren Sorgen zu ihm. Sogar der Mann, den er seinen Stiefvater nennt, ein Typ, der ihn geschlagen und gedemütigt hat, ruft ihn inzwischen an, wenn ihm Suff und Einsamkeit aufs Gemüt drücken.

Wieso hörst du ihm zu?, fragt Sandra wütend. Sag ihm endlich, er soll sich verpissen.

Er ist ein armes Schwein, sagt Daniel entschuldigend.

Er ist ein mieses Schwein. Arm warst du.

Das hätte sie nicht sagen sollen. Daniel will nicht arm sein, und genau deswegen wird er die Erinnerung an seinen Stiefvater, wenn er sie schon nicht löschen kann, weiterhin mit guten Gaben, materiellen wie immateriellen, zudecken.

Sandra betrachtet Daniel als lebendige Warnung.

Nein danke, ich möchte nichts trinken, sagte sie zu ihren Großeltern. Danach ging sie weg, die Geschenke, die sie im Auto hatte (eine Bonbonniere und eine Flasche Kognak), nahm sie wieder mit. Sie hat es nicht notwendig, sich freizukaufen von ihnen, dazu haben sie nicht genügend Spuren hinterlassen in ihrem Leben.

Die Leute in der Gegend um das Schloss sind untersetzt und übergewichtig. Sie essen fett und schwer und zu viel, vor Hochzeiten wird tagelang gebacken in den Dörfern, picksüße Mehlspeisen mit Creme und Schokoglasur und Zuckerstreuseln, dass man nicht zugreift, kommt nicht in Frage. Dicksein gilt als unausweichlich, auch die jungen Mädchen, die auf ihre Figur achten, werden spätestens nach dem ersten Kind füllig und wabbelig.

Tante Lilli war ganz eisige Ablehnung, wenn sie Menschen sah, die sich *gehen* ließen. Zum Tee gab es eine Scheibe, höchstens zwei Scheiben Baguette mit wenig Butter, wer mehr verlangte, war unmäßig. *Verfressen* zu sein war *primitiv*. Marie Christine, die das Pech hatte, nicht hager zu sein wie Tante Lilli, sondern auch bei wenig Kalorienzufuhr dicke Oberschenkel und ein breites Becken behielt, neigte dazu, zu resignieren und sich vollzustopfen. Das giftete Tante Lilli umso mehr, als ihr Blick Sandra vergeblich auf die körperlichen Kennzeichen ihrer Herkunft absuchte. Sandra ist hochgewachsen und schmal trotz einer kleinen, dicken Großmutter und eines breiten, massigen Großvaters.

Sandra fand, als sie Tante Lillis Haus verließ, einen Platz in einem Studentenwohnheim. Die meisten ihrer Mitbewohnerinnen und Mitbewohner kamen aus den Bundesländern, sie waren gutmütig und herzlich und, anfangs jedenfalls, solange sie neu waren, dankbar, wenn man ihnen gegenüber nicht die abgebrühte Städterin heraushängen ließ.

Das Leben war auf einmal sehr einfach ohne die Fallstricke der Dünkelhaftigkeit. Keine Attacken auf Sandras Panzer, keine Notwendigkeit, wachsam zu sein, damit sie nichts übersah, was mit innerer Überlegenheit zu kontern war, kein Grund, Freude, Ausgelassenheit, Zuversicht vor möglicher Entmutigung in Sicherheit zu bringen und zu verstecken.

Manchmal dachte Sandra allerdings, sie mache es sich zu leicht, wenn sie bloß da saß, unter den anderen, bei Spaghetti und Wein, und sich wohlfühlte, ohne dass sie sich behauptet und einen Sieg davongetragen hatte, den ganzen Tag lang.

—

Er sendet eine SMS. Liebste Erbsenprinzessin, schreibt er, weil sie beanstandet hat (in scherzhaftem Ton selbstverständlich), dass er keine Nachricht schickt, lass doch das Erbsenzählen sein, wie soll ich dich glücklich machen, wenn du dich unglücklich machst?

Ach, Scheherazade, antwortet sie darauf, immer nur deine Märchen, worauf er kontert: Was hast du gegen tausend und eine Nacht? Und so fort. Sie haben Nicknames füreinander und spezielle Abkürzungen dafür, und sie schreiben einander in Anspielungen und Andeutungen und Anspielungen auf Andeutungen, lauter kleine verbale Zärtlichkeiten, alles zusammen ein Code, der nur ihnen gehört, ein sicherer Ort, eine Zuflucht vor der Welt, in der er nicht zu ihr gehört.

Was willst du?, fragt er spöttisch. Mit mir in die Oper gehen und zu Geburtstagsfeiern und auf Urlaub fahren, die ganze Ehe-ödnis, während ich vielleicht eine heiße heimliche Affäre habe, damit ich das überhaupt aushalte? Ist dir das lieber?

Du hast eine merkwürdige Auffassung von Alternativen, antwortet sie voll kalter Wut. Danach will sie ihn nicht sehen, mindestens eine Woche lang, und obwohl ihr schon drei Tage später danach ist, wimmernd angekrochen zu kommen, hält sie durch, sogar länger als eine Woche, zehn Tage, in denen sie keine SMS und keine E-Mail von ihm beantwortet und das Telefon nicht abhebt, wenn sie seine Nummer auf dem Display sieht.

—

In der Privatklinik vermuteten sie, Tante Lilli habe ihren Namen und ihre Telefonnummer angegeben, weil sie Ärztin ist.

Ihr Sohn ist auch Arzt, sagte Sandra.

Sie hat ausdrücklich festgelegt, dass wir Sie verständigen sollen, sagte die Stationsschwester.

Im Frühjahr zuvor war Sandra mit Tante Lilli vier Tage in Rom gewesen. Meine Kinder haben keine Zeit, erklärte Tante Lilli streng am Telefon. Du wirst mich begleiten. Sie bestand darauf, die Reisekosten zu übernehmen, auch für Sandra.

Seit vielen Jahren schon beschränkte sich Sandras Kontakt mit Tante Lilli darauf, dass sie Tante Lilli gelegentlich besuchte, gerade so häufig, dass man ihr keine Undankbarkeit vorwerfen konnte, und selten genug, um nicht aufdringlich zu erscheinen. Sie tranken dann Tee oder ein Glas Sherry, und Tante Lilli stellte prüfende Fragen nach Sandras Arbeit im Krankenhaus oder auch nach ihrem Privatleben. Sandra gab knappe, nichtssagende Antworten, und Tante Lilli kommentierte sie missbilligend und besserwisserisch.

Tatsächlich hatte Tante Lilli keine Ahnung von dem, was

Sandra tat, aber nach wie vor bestand sie darauf, das Heft in der Hand zu halten. Unter Berufung auf ihren Sohn, den Mediziner, erklärte sie sich zur medizinischen Expertin. Sandra war in ihrem privaten Ranking nur eine Ärztin zweiter Klasse, über der turmhoch Thomas, die Koryphäe, stand. *Aber Thomas sagt*, begann Tante Lilli, wenn sie das, was Sandra sagte, in die Schranken weisen wollte. Damit war klar, wer recht hatte.

Inwiefern Thomas verantwortlich war für die krausen Behauptungen seiner Mutter, wusste Sandra nicht, sie sah ihn nie.

In Rom wollte Tante Lilli in die Vatikanischen Museen. Eine lange Schlange von Menschen wollte das ebenfalls, Sandra hätte sich gut zwei Stunden anstellen müssen, um zu Eintrittskarten zu kommen.

Zu langweilig, entschied Tante Lilli. Das bezog sich darauf, dass sie keine Lust hatte, so lange in einem Lokal in der Nähe zu warten.

Statt dessen bummelten sie einfach durch die Stadt, teils zu Fuß und teils per Taxi, Tante Lilli wollte ihre persönlichen Highlights abklappern, die im Wesentlichen die üblichen waren, Spanische Treppe, Forum Romanum, Via Condotti, Villa Borghese und so weiter.

In Rom hätte ich immer gerne gelebt, sagte Tante Lilli bei einem Campari auf der Piazza Farnese, die Abendsonne lag auf den Häusern gegenüber und weckte leichtsinnige Erwartungen. Aber dein Onkel Robert hat sich leider gegen den Diplomatischen Dienst entschieden.

Sie sagte es, als wäre Onkel Robert, wenn er sich für den Diplomatischen Dienst entschieden hätte, auf jeden Fall Botschafter in Rom geworden und ihr obendrein als Ehemann erhalten geblieben.

Willst du keine Kinder?, fragte sie plötzlich.

Sandra zuckte die Achseln. Ich denke noch darüber nach.

Eigentlich dachte sie allenfalls darüber nach, was ein Leben mit Kindern reizvoller machen sollte als ein Leben mit einem aufregenden Geliebten. Sie wollte einen Geliebten nicht mit Kindern teilen, und sie konnte sich nicht vorstellen, dass ein Geliebter aufregend blieb, wenn Kinder im Umfeld waren.

Du solltest dir einen netten Mann suchen und Kinder kriegen, sagte Tante Lilli apodiktisch. Das ist doch alles nichts, diese ... *Verhältnisse.*

So war sie. Ein Moment der frivolen Unachtsamkeit, und man bekam das Wort *Verhältnisse* von ihr ins Gesicht gespuckt wie etwas Fauliges.

Sind Sie mit ihr verwandt?, fragte der Professor, der sie operiert hatte. Sandra verneinte. Er schaute irritiert, gab ihr dann aber Auskunft.

Ein Routineeingriff, wie Sie sicher wissen, Frau Kollegin, an sich gut verlaufen, der Schlaganfall war nicht vorhersehbar.

Es gab keinen Brief, der Sandra aufklärte. Ich nehme an, Sie wissen, was zu tun ist, sagte der Professor.

Sandra rief Marie Christine an und versuchte es ihr schonend beizubringen. Marie Christine schluchzte und schrie ins Telefon, bis sich ihr Mann einschaltete und Sandra mitteilte, Marie Christine habe einen *Zusammenbruch.*

Bei Thomas erreichte sie nur seine Frau, die sagte, Thomas sei auf einem Kongress in Japan, sie werde ihn verständigen, bezweifle aber, dass er seine Teilnahme dort abbrechen könne.

Tante Lilli lebte noch eine Woche, sofern man ihren Zustand leben nennen wollte. Sandra schaute täglich im Krankenhaus vorbei. Sie überzeugte sich, dass Tante Lillis hochkarätiger Operateur für eine ausreichende Schmerztherapie gesorgt hatte, und brachte dem Pflegepersonal, das die Bewusstlose mehrmals am Tag umbettete, damit sie nicht wundlag, Kaffee und Torten mit, um es gnädig zu stimmen. An Tante Lillis Bett saß sie immer nur kurz, sie sagte dann mit leiser, beruhigender Stimme: Es wird alles gut. Ihre Hand nahm sie nicht, Tante Lilli hätte das genauso wenig gewollt wie sie selbst.

Eine der Krankenschwestern warf Sandra einmal einen sentimentalen Blick zu und sagte, auf Tante Lilli deutend: Sie muss Sie lieber haben als ihre Kinder.

Sandra schüttelte den Kopf.

Sie wusste, warum Tante Lilli ihr diesen letzten Dienst zugedacht hatte: um Thomas und Marie Christine zu schonen.

—

Sie sitzt im Bett, nackt, die angezogenen Knie umschlungen, und schaut auf ihn hinunter, der neben ihr liegt. Er hat ihr gerade geraten, ihre Trennungsängste einmal analysieren zu lassen. Sie hat keine Trennungsängste. Sie hat ihn gefragt, wann sie ihn wiedersieht, das ist alles.

Darauf falle ich nicht mehr rein, sagt sie mit einer Stimme, der sie einen belustigten Klang zu geben versucht.

Worauf?

Die Pathologisierung ganz normaler Bedürfnisse. Nur weil du sie nicht erfüllen willst, sind sie nicht abartig.

Was ist schon normal?, fragt er träge.

Sie lacht spöttisch auf. Ich hab gewusst, dass du das sagen wirst.

Sie lässt ihre Knie los, dreht sich herum und rollt sich sich auf ihn.

Du überrascht mich gar nicht mehr, sagt sie, scheinbar vorwurfsvoll, und küsst ihn auf die Stirn.

Er ergreift dankbar die Gelegenheit, sie die Rolle der Überlegenen spielen zu lassen. Ich hab's befürchtet, antwortet er, ich langweile dich.

Schon ist sie in der Sackgasse. Sie hat ihn entlastet, das wollte sie nicht. Aber die Unterlegene herauszukehren, bringt ihr erst recht nichts.

Vorhin, als er ihre Wohnung betrat, hat sein Magnetismus zum erstenmal versagt. Sie musste sich nicht zwingen, lässig abzuwarten, bis er die Arme nach ihr ausstreckte.

Jetzt drückt er sie an sich. Sie öffnet ihre Lippen. Noch schmeckt er ihr. Carpe diem.

Er ist der Falsche. Wahrscheinlich wird sie nie etwas anderes denken, bei keinem. Einer, der für sie in Frage käme, kommt für sie nicht in Frage. So einfach ist das.

Der Mann

—

… mein Auto ist in der Werkstatt. Muss die Reifen wechseln lassen.

Warum?

Weil der Winter kommt.

Sissy steht am Gartenzaun und straft Barbara mit dem strengen Blick der sparsamen Hausfrau. Du lässt das in der Werkstatt machen?

Ja. Wieso?

Na, hör einmal, was das kostet! Wieso machst du's nicht selber?

Machst *du* es selber?

Nein, aber mein Mann.

Fein. Glaubst du, er macht's mir auch?

Sei nicht komisch. Das kannst du allein. Da ist nichts dabei.

Ehrlich? Dann steck *du* mir doch die Reifen um.

Ich kann es nicht.

Sissy muss sowas nicht können. Dafür hat sie ihren Mann. Aber sie begnügt sich nicht damit, einen Mann zu beschäftigen, sie muss Barbara – die keinen Mann für sowas hat – auch noch Verschwendung vorwerfen. *Sie* ist nicht verschwenderisch. Sie hält sich einen Mann.

In letzter Zeit genießt Barbara solche Dialoge mit Sissy. Sie weiß etwas, das Sissy nicht weiß.

Du bist … fantastisch, stöhnt Gerhard. Ich … mein Gott, so war es noch nie.

Er stöhnt nicht bei Sissy. Das heißt, vielleicht stöhnt er auch bei Sissy, wahrscheinlich sogar, das liegt nun einmal in der Natur der Dinge – aber bestimmt hat sein Stöhnen bei Sissy eine andere Qualität.

Barbara bezweifelt, dass seine Versicherungen, sie sei die Größte, nur als façon de parler zu werten sind. Gerhard ist eine ehrliche Haut. Was er sagt, meint er auch so.

Anfangs war er schweigsam. Verbalerotik ist nicht sein Terrain. Kein Nachteil. Was er an Worten spart, macht er durch Taten wett.

Er ist kein gewohnheitsmäßiger Fremdgeher. Barbara hat ihn verführt. Erst war das nur ein Bosheitsakt Sissy gegenüber, von dem sie sich nicht mehr versprochen hat als einen heimlichen Triumph. Aber dann hat sich herausgestellt, dass Gerhard, der simple, fantasielose, zum Wechseln der Autoreifen taugende, Sissy blöde anhimmelnde Gerhard, über diese Hände verfügt. Und über sonst noch allerlei.

Barbara lässt ihr Auto nach wie vor in der Werkstatt winterfest machen. Sie wird Gerhard nicht zu ihrem Mechaniker degradieren.

Gerhard sagt weiterhin geduldig: *Ja, Schatzi!* zu Sissy. Aber Barbara hat gelernt, die Ironie dahinter zu hören. Gerhard ist gar kein blöder Anhimmler. Sissy ist die Blöde.

Barbara ist keine gewohnheitsmäßige Verführerin, so wie Gerhard kein gewohnheitsmäßiger Fremdgeher ist. Nie vorher ist es ihr um den bloßen Akt des Eroberns gegangen. Gerhard war der erste, an dem sie kalten Herzens die Wirksamkeit erotischer Signale getestet hat.

Zunächst behielt er das Unerschütterliche des braven Ehemanns bei. Nachträglich wundert es Barbara, dass sie überhaupt an seine Verführbarkeit geglaubt hat, so bieder, wie er sich gibt. Aber irgendetwas muss sie ermutigt haben, trotz seiner tapsigen, flapsigen, kumpelhaften Abwehrgesten, vielleicht ja auch nur die klischeehafte Überzeugung, dass alle braven, biederen, teddybärigen Ehemänner in Wirklichkeit danach gieren, sündigen Sex mit einer Frau zu haben, mit der sie nicht verheiratet sind.

Barbara wollte ihre Unwiderstehlichkeit bestätigt sehen, weil Sissy ihr Provokationskonto überzogen hatte.

Sissy, die sich das Maul zerriss über Mütter, deren arme Kinder den Fraß in der Schule essen müssen.

Adam isst auch in der Schule, warf Barbara ein.

Sissy tat, als hätte sie sich verplappert, scheinbar verlegen biss sie sich auf die Lippen. Bei euch ist das was anderes.

Wieso?

Na ja, bei euch geht es eben nicht anders.

Ja, und? Fraß bleibt Fraß.

So habe ich es nicht gemeint.

Wie denn?

Willst du mich verhören oder was?, fragte Sissy. Muss ich mich jetzt verteidigen, weil ich meine Kinder gesund ernähre?

Sissy, vor dem Aufbruch in die Winterferien, Adam bedauernd, weil er daheim bleiben musste. Bekommt die Mama keinen Urlaub, nein? Ach, du Armer. Und es gibt keinen Freund, der dich mitnehmen darf?

Schifahren ist eh blöd, sagte Adam tapfer.

Ja, wenn man's nicht kann. Melodisches Lachen. Dann: Meine Kinder wollten anfangs auch nicht, als sie klein waren. Aber ihr Vater hat mit ihnen geübt. Und jetzt sind sie richtige Pistenkaiser.

Ihr Vater. Die kindgerechte Variation von *mein Mann.* Wie Barbara im Auge behalten soll, dass Sissy einen Mann hat im Gegensatz zu ihr, so soll Adam nicht vergessen, dass Celine und Patrick über einen Vater verfügen im Gegensatz zu ihm.

Sissy: eine gute Mutter, die ihren Kindern einen guten Vater gesichert hat. Lorbeer her!

Ich versteh wirklich nicht, sagte Sissy zu Barbara, warum keiner von Adams Freunden auf die Idee gekommen ist, ihn mitzunehmen. Ich meine, ich versteh die Eltern nicht. Ein Kind mehr oder weniger, das kann doch kein Problem sein.

Adam schaute ausdruckslos.

Üblicherweise gelten auch Sissys Kinder und er als befreundet.

Sissy, die sich einen breiten Hintern und strähnige Haare leistet, weil Gerhard von Gesetzes wegen verpflichtet ist, sie schön und anziehend zu finden.

Mein Dicker, sagte Sissy und knuffte Gerhard in die Seite, mein Dicker würde alles für mich tun, weil er weiß, so eine tolle Frau kriegt er nie wieder, stimmt's?

Sicher, bestätigte Gerhard, am Gartengrill, ein Küchentuch um den Bauch, und wendete die Koteletts.

Barbara stellte den mitgebrachten Salat auf den Tisch. Ich hoffe, es wird nicht fad für dich, sagte Sissy zu ihr, heut kommen lauter Ehepaare.

Viele stete Tropfen. Noch einer und noch einer. Und irgendwann ist der Stein hohl. Und aus dem hohlen Stein springen wie aus einer Überraschungstorte eine Verführerin und ein Verführter.

Ehe Barbara ihrem Ehemann Werner zuliebe ins Reich der grünen Witwen zog, waren Frauen keine Rivalinnen für sie, zumindest nicht in ihrer Eigenschaft als Frauen. Natürlich konkurrierte sie, vorzugsweise um Anerkennung im Job, aber dabei spielte das Geschlecht keine Rolle. Nie wäre sie auf die Idee gekommen, dass es menschliche Lebewesen gab, die um das Krönchen der Miss Superhausfrau, Supermutter, Supergattin wetteiferten. Doch draußen vor der Stadt tickten die Uhren anders. Plötzlich wurde Barbara zu Tupperware-Partys und zum Adventkranzbinden eingeladen, was sie entsetzt ausschlug.

Hätte man ihr vorhergesagt, dass sie Sissys Mann flachlegen würde, nur um Sissys erdrückende Selbstzufriedenheit auszuhalten, sie hätte es nicht geglaubt.

Gerhard setzt sich auf und presst seine Hand auf den Magen.

Was ist?

Mir ist nicht gut. Vielleicht hab ich zu viel gegessen.

Wovon?

Ravioli.

Was für Ravioli?

Na, Ravioli halt.

Was war drinnen?

Was immer drinnen ist. Du kennst doch Ravioli. Aus der Dose.

Bei euch gibt es Ravioli aus der Dose? Mit erhobener Stimme.

Gerhard schaut verunsichert. Ja. Was ist so schlimm daran?

Sie zieht ihn an sich. Dosenfraß ist tödlich. Versprich mir, dass du nie wieder Ravioli aus der Dose isst.

Die Besorgnis, die sich in ihre Genugtuung mischt, ist sogar echt. Befriedigt denkt sie zudem, dass sie immer schon vermutet hat, Sissy lügt, wenn sie erzählt, wie sie täglich stundenlang für ihre Familie am Herd steht.

Werner wollte seinerzeit aus der Stadt hinaus. Er war in einem Einfamilienhaus im Grünen aufgewachsen. Barbara war egal, wo sie wohnen würden. Sie vermutete in Einfamilienhäusern an der Peripherie keine wesentlich andere Daseinsform als die, die sie bisher kennengelernt hatte.

Vielleicht wäre ihr ja ohnehin auch in der Stadt eine Sissy als Nachbarin nicht erspart geblieben. Vor Adams Geburt hatte sie sich um Nachbarschaften nie gekümmert. Wohnungen waren zum Schlafen, zum Duschen und zum Kleiderwechseln da.

Erst mit dem Kind bekam das Wohnen einen anderen Grad von Wichtigkeit.

Dass Werner dann auszog, war paradox, weil Barbara diejenige war, die an der kleinlichen Ordnung ihres neuartigen Lebens zu ersticken drohte.

Einmal, sie erinnert sich gut, öffnete sie gerade die Gartentür, als eine Nachbarin vorbeikam, die allgemein als besonders freundliche Person galt. Barbara fühlte sich von ihr wohlgelitten, doch jetzt stoppte die Frau und sagte mit derselben saccharinsüßen Stimme, mit der sie sonst Belanglosigkeiten übers Wetter zum besten gab: Ich hoffe nur, Sie haben eine gute Haushaltsversicherung!

Barbara schaute verblüfft. Wieso?

Zähnebleckendes Strahlen. Weil Sie Ihre Hecke nicht stutzen. Ich wette, ich bleibe noch einmal daran hängen und zerreiße mir was.

Im Ringkampf mit der Verdrossenheit, die ihr die Luft wegnahm, ging Barbara die Lust an Werner verloren, worauf Werner im Gegenzug nicht nur sein Interesse an ihr, sondern in einem Aufräumen auch das an Adam entsorgte und wegzog.

Zuvor vergebliche Versuche, wieder zur Gier aufeinander zu finden, aber alles, was Werner in ihr erregte, war Widerwillen. Sie flüchtete morgens aus ihrer Wohngegend, in der das Heckenstutzen eine moralische Dimension besaß, an ihren Arbeitsplatz, einen Ort der erholsamen Hektik und des befreienden Zynismus, und wenn sie abends heimkam, schrumpfte ihre Libido wie ein angestochener Luftballon, aus dem das Gas entwich.

Warum ist sie nicht weggezogen? Warum ist sie hiergeblieben nach der Scheidung von Werner? Aus Erschöpfung. Aus Bequemlichkeit. Aus Geldmangel. Weil Adam so gern im Garten spielte. Aus Gewöhnung.

Mit Werner ging nichts mehr, weil sie ihn nicht begehrte. Wieso geht so viel mit Gerhard, von dem sie zunächst nur begehrt werden wollte, ohne ihn zu begehren?

Gerhard ist groß und massig, seine Brust und seine Arme sind dunkel behaart, er wirkt behäbig, aber wenn man ihn aufmerksam beobachtet, merkt man, dass er sich leicht und wendig bewegt.

Einmal von der Kette gelassen, ist Gerhard ein glühender, aufmerksamer, einfallsreicher, genusssüchtiger, unermüdlicher Liebhaber.

Und am Gartenzaun Sissy, voll entsetztem Mitgefühl: Also, ich würde durchdrehen, wenn mich der Gerhard verlassen würde!

Barbara, mit leiser Schärfe: Werner hat mich nicht *verlassen*. Wir haben uns getrennt.

Ja, ja, natürlich. Du bist eben ein anderer Mensch. Ich bin nicht so ... robust wie du. Ich brauch Sicherheit. Zum Glück ist mir der Gerhard treu ergeben.

Na, dann ist doch alles bestens.

Pause. Danach Sissy: Aber selbst wenn ... Ich meine, wenn es kriseln würde oder so – ich würde *alles* daran setzen, meinen Kindern den Vater zu erhalten, wirklich *alles*. Man darf nicht egoistisch sein, wenn es um die Kinder geht, finde ich. Da muss man seinen Stolz vergessen und an die Kinder denken.

Ich denke an Adam, glaub mir.

Ja klar, ich rede ja auch nicht von dir. (Mit unschuldig aufgerissenen Augen.)

Von wem denn?

Na, so allgemein halt.

Und dann, mit fleischig weicher Patschhand auf Barbaras Unterarm: Hat der Werner eigentlich eine andere?

Die Grillparty. Windlichter auf dem Gartentisch, flackernde Gesichter, der Geruch nach Jasmin und glosendem Fleisch. Die Kinder rennen kreischend hintereinander her, gleich wird eins der kleineren hinfallen und überdreht zu weinen beginnen. Sissy und die eingeladenen Ehepaare, aufeinander eingespielt durch viele gemeinsam verbrachte Urlaube, lachen brüllend über Scherze, die Barbara großteils nicht versteht. Was sie versteht, reizt sie ebenfalls nicht zum Lachen, aber sie verzieht aus Höflichkeit den Mund. Morgen wird sie einen Gesichtsmuskelkater haben.

Sie nimmt ihr Weinglas und schlendert zum Grill, wo Gerhard unermüdlich Koteletts, Würstchen und Gemüsestücke wendet.

Sexy Schürze, sagt Barbara zu ihm.

Gerhard behält die Grillzange im Blick. Das ist keine Schürze, das ist ein Geschirrtuch.

Wow, ehrlich? Sexy Geschirrtuch, alle Achtung.

Verarsch mich nicht, ich mache hier für dich den Koch.

Ja, und noch dazu in diesem aufregenden Outfit.

Gerhard lässt die Grillzange sinken und schaut Barbara an.

Was willst du von mir?

Weiß nicht. Menschliches Verständnis?

Hast du Probleme?

Oh ja. Man lässt mich nicht mitspielen.

Wer?

Barbara deutet mit dem Kinn zum Tisch.

Das glaub ich nicht.

Sie nimmt einen Schluck Wein und schaut ihn mit spöttisch hochgezogenen Brauen an. Magst du es, wenn du *Dicker* heißt?

Ich heiße nicht *Dicker*.

Außer für Sissy.

Na ja, ich bin ja wirklich nicht gerade schlank. Er lacht.

Ergebener Idiot. Barbara dreht sich abrupt weg, weil Zorn in ihr aufsteigt und sie Gerhard am liebsten ihren Wein ins Gesicht spucken würde.

Sie schlendert in die Dunkelheit, weg von Grill und Esstisch, der Garten ist nicht groß, aber groß genug, dass ihn die Windlichter nicht ausleuchten.

Hast du was?, fragt Gerhard hinter ihr. Er ist ihr nachgefolgt, nebeneinander stehen sie jetzt im Dunkeln, hinter ihnen ertönen die Lachsalven vom Tisch.

Sie schüttelt den Kopf. Vergiss es.

Ist dir fad?

Ein bisschen.

Was glaubst du, warum ich freiwillig grille?, fragt er. Ihre Augen haben sich an das Dunkel gewöhnt und sie sieht, dass er grinst.

Weil Männer gern ihre blutige Beute ins Feuer hängen und von der Steinzeit träumen?

Weil ich mich dann nicht unterhalten muss.

Ich denke, das sind alles deine Freunde.

Nicht, wenn sie anfangen, Witze zu machen.

Barbara lacht. Das sind ja ganz neue Seiten an dir.

Was für Seiten?

Hinterhältige.

Gerhard sagt mit halblauter Stimme: Ich bin doch nicht hinterhältig. Ich halt mich bloß raus, das ist alles.

Barbaras Gefühl der wohligen Komplizenschaft verfliegt. Trotzdem bleibt sie stehen und Gerhard auch, bis zwei herangaloppierende Kinder sie fast über den Haufen rennen.

Vom Tisch ruft jemand: Gerhard, munkelst du im Dunkeln?

Und Sissys Stimme tönt laut und fest herüber: Barbara munkelt doch nicht! Die hat die Nase voll von Männern.

Gackerndes Lachen der anderen Frauen: Wir auch, wir auch!

Wer's glaubt, murmelt Gerhard.

Barbara kehrt zum Tisch zurück. Gerhard bringt einen letzten Teller mit Gegrilltem, dann rutscht er auf die Bank neben Sissy. Sie zieht ihn an sich und tätschelt seinen Kopf, den er geduldig beugt.

Das erste Mal war kein Problem. Adam war auf Sommerlager und Sissy mit den Kindern bei ihrer Schwester. Seitdem ist es kompliziert. Nebenan wacht Sissy, daheim darf Adam nichts mitbekommen. Gelegenheit macht Diebe, wenig Gelegenheit macht Liebe, sagt Barbara lachend, denn die Phasen der aufgezwungenen Enthaltsamkeit tun ihrer und seiner Leidenschaft gut. Könnten sie sich jeden Tag paaren, wer weiß, wie es dann um ihr Verlangen bestellt wäre. So aber überbieten sie einander an Einfallsreichtum, wenn sich der Erwartungsstau endlich wieder Bahn brechen kann.

... wenig Gelegenheit macht Liebe, sagt Barbara laut, des Reimes wegen, verbessert sich jedoch in Gedanken: macht Sex.

Denn mit Liebe hat das alles nichts zu tun, jedenfalls nicht von ihrer Seite.

Sie könnte mit Gerhard nicht leben, sie könnte sich mit ihm nicht sehen lassen, er könnte nicht bestehen in den Gesprächen, auf die es ihr ankommt. So einer wie Werner würde ihn in Grund und Boden argumentieren, vermutlich würde er bei Zusammenkünften mit ihren Freunden – mit denen, die ihr wirklich wichtig sind – nur hölzern herumstehen. Gerhard riecht kilometerweit gegen den Wind nach Biedersinn.

Wortlos zieht Gerhard sie auf sich, sein massiger Leib unter ihr eine feste Burg, seine Arme um sie warm und sicher, seine über ihre Haut wandernden Finger talentiert im Aufspüren elektrischer Felder.

Anfangs bemühte sie sich, Gerhard nicht anzusehen, wenn Sissy wieder einmal trompetete, wie er ihr verfallen sei. Dann siegte eines Tages ihre Neugier, und sie schaute zu ihm hin, erwartete aber nicht, seinem Blick zu begegnen. Zu ihrem Erstaunen sah er ihr geradewegs in die Augen, ein leises Lächeln um die Mundwinkel, mit treuherziger Miene.

Sissy merkte nichts. Niemand merkt etwas, wenn ihre Blicke sich ineinander verhaken, während sich Sissy in Eigenlob ergeht. Barbara teilt ein verschwörerisches kleines Lächeln mit Gerhard, ihr Nacken prickelt, während sie sich zurücklehnt und Sissys Worte vorüberplätschern lässt wie Abwasser.

Weißt du schon das Neueste?, fragt Sissy. Bettina und Klaus lassen sich scheiden.

Bettina und Klaus wohnen drei Gassen weiter, in einem weißen Bungalow mit hübsch gegliederter Glasfront, geschmackvoller als die meisten Betonkastelle hier. Barbara kennt sie bloß flüchtig, aber Sissy weiß Bescheid, weil sie im Gegensatz zu Barbara sozial *integriert* ist. Arme Bettina, sagt Sissy. Angeblich wird das Haus verkauft. Und dann hat sie auch noch dieses schwierige Kind.

Barbara schaut fragend.

Irgendwas Neurologisches, sagt Sissy. Wird behauptet. Hyperaktiv, kann sich nicht konzentrieren.

Barbara gibt einen mitfühlenden Laut von sich.

Sissy lächelt eigenartig und legt den Kopf schief. Obwohl ..., sagt sie langsam, von nichts kommt nichts. Ich denke mir, manche Kinder wären gar nicht schwierig, wenn die Mütter nicht so schwierig wären. Verstehst du, was ich meine?

Nein, sagt Barbara schroff.

Sissy lässt sich nicht bremsen: Dieses ständige Gerede von den bösen Männern, die ihre Frauen sitzenlassen! Das hat doch einen Grund, dass die gehen. Ich meine, als Frau hast du es doch in der Hand, ob dir dein Mann erhalten bleibt oder nicht.

Findest du?, fragt Barbara.

Ja, sagt Sissy überzeugt. Mich wundert es nicht, dass der Klaus weg ist. Ich hab mich schon oft gefragt, wie lange der das noch aushält.

Was? Das hyperaktive Kind?

Ja, das auch. Und Bettinas ewig unzufriedenes Gesicht. Sie war ... irgendwie lieblos zu ihm, weißt du.

Vielleicht war sie unglücklich.

Vielleicht. Dann hätte sie sich zusammenreißen sollen.

Barbara betrachtet Sissy staunend, wie ein Insekt, von dem man weiß, dass es existiert, und dessen Auftauchen man dennoch nicht für möglich hält.

Ich liebe dich, sagt Gerhard. Er sagt es im Bett, wo sowas bald gesagt wird, aber er sagt es zum ersten Mal und mit trauriger Stimme.

Barbara zuckt zusammen. Sie möchte nicht, das Gerhard sie beide als Liebespaar sieht, das steht ihm nicht zu.

Ich liebe dich, sagt Gerhard, inbrünstig, fast stöhnend, es klingt schmerzlich und signalisiert, dass ein *Aber* nachkommt. Ich liebe dich, und wenn alles ganz anders wäre, dann ... Aber so ... Ich bin keiner, der seine Familie im Stich lässt, weißt du. Auf keinen Fall.

Brems dich ein, Dicker, sagt Barbara kalt. Ich hab dir keinen Heiratsantrag gemacht.

So hat sie noch nie mit ihm geredet und schon im selben Moment bereut sie, dass sie grob war. Aber dann erkennt sie, dass die schmerzliche Verwirrung in seinen Augen nicht der Ausdruck des geprügelten Hundes, sondern Mitleid ist. Gerhard hat Mitleid mit ihr. Er glaubt, dass sie aus Verzweiflung um sich schlägt. Er hat ein schlechtes Gewissen, aber nicht Sissy gegenüber, die er mit ihr betrügt, sondern ihr gegenüber, der er, wie er meint, eine gemeinsame Zukunft vorenthält.

Barbara führt ihn nicht in Versuchung. Er *denkt* nicht einmal daran, sich von der trägen, in ihrem Fett und in ihrer Beschränktheit ruhenden Sissy zu lösen! Er tauscht ironische Blicke mit Barbara, er sieht Sissy, wie sie ist – und bekennt sich zu ihr, nicht trotzdem, sondern vermutlich, weil er sie genauso mag.

Er erklärt Sissy zur Siegerin.

Mach dich nicht lächerlich, sagt Barbara, die jetzt nicht einfach aufstehen und weggehen kann, wenn sie ihr Gesicht wahren will. Sie greift nach ihm wie nach einem Gebrauchsgegenstand, und er reagiert ohne Zögern. Binnen Sekunden ist er wieder ganz bei der Sache.

Erleichtert bedient er sie. Nachdem er ihr klar gemacht hat, was nicht möglich ist, gibt er ihr, was er ihr geben kann. Sie hätte geradesogut aufstehen und weggehen können. So oder so hat sie keine Chance mehr, seinem Erbarmen zu entkommen.

Barbara fährt zum Supermarkt. Seit sie es mit Gerhard treibt, ist sie geschminkt, wenn sie aus dem Haus geht, auch, wenn sie bloß im Ort bleibt. Früher hat sie sich nur für die Stadt zurechtgemacht oder für die wenigen Male, die sie in der Nachbarschaft eingeladen war. Für den Einkauf im Supermarkt oder den Gang zur Bank und zum Postamt Wimperntusche und Lipgloss aufzutragen, war ihr nie der Mühe wert. Barbara und der Ort, in dem sie wohnt, blieben einander keine Geringschätzung schuldig. Erst seit sie angefangen hat, mit Gerhard zu schlafen, achtet sie darauf, auch auf dem Weg zum Bäcker nicht mit nacktem Gesicht erwischt zu werden.

Es regnet, und alle eingangsnahen Parkplätze sind besetzt. Barbara muss ihren Wagen weit entfernt vom Eingang abstellen. Durch eisige Schauer kämpft sie sich quer über den Parkplatz, als Gerhards Auto auftaucht. Gerhard fährt bis vor den Eingang, wo Sissy aussteigt und nach ein paar Schritten im Trockenen ist. Nachdem Gerhard die Beifahrertür hinter ihr zugezogen hat (sie zuzuwerfen hätte Sissy wahrscheinlich zusätzliche Sekunden im Regen beschert), fährt er weg und sucht sich eine Parklücke.

Nass und zerzaust taucht er danach mit einem Einkaufswagen im Supermarkt auf. Sissy steht bei den ersten Regalen und wartet auf ihn. Hast du die Liste?, fragt sie. Gerhard nickt.

Sein Glück, denkt Barbara, die so tut, als suche sie nach Shampoo, sonst hätte er sich glatt noch einmal in den Regen stürzen müssen. Sie wirft ihre nassen Haare aus dem Gesicht und wischt sich mit dem Handrücken über die tropfende Nase.

Im dämmrigen Licht des verregneten Nachmittags sitzt Barbara an ihrem Schreibtisch, vor sich ein leeres Blatt Papier. Adam ist bei einem Freund. Im Haus ist es still. Spielerisch zieht Barbara das Blatt zu sich und fängt an, in Blockbuchstaben, absichtlich ungelenk, zu schreiben: FRAU SISSY WISSEN SIE NICHT WAS IHR MANN TUT WENN ER NICHT BEI IHNEN IST?

Erinnerung

—

Sie steht auf dem nächtlichen Platz und schaut auf die Flanke des Staatsoperngebäudes. Der Platz ist voll mit Menschen. Auf einer Videowand wird eine seit Wochen umjubelte Inszenierung des *Don Giovanni* ins Freie übertragen. Ingrid lässt ihren Blick umherwandern. Der Abend ist kühl, aber sie ist dick angezogen, und die festliche Stimmung wärmt sie wie ein zusätzlicher Mantel.

Rund um sie Paare. Das ist ein Ergebnis ihrer selektiven Wahrnehmung, sie weiß es, trotzdem muss sie damit zurande kommen, dass sie seit einiger Zeit nur noch Paare entdeckt. Die Welt ist zur Arche Noah mutiert, und Ingrid wird ertrinken müssen, weil sie die einzige ihrer Art ist, auf einmal.

Ihr Blick bleibt an zwei Leuten hängen, etwa in ihrem Alter, Mann und Frau, intelligent (dem Aussehen nach), unprätentiös, sympathisch. Die Frau hängt sich bei dem Mann ein und lehnt ihren Kopf an seinen Hals. Lange Vertrautheit. Zusammengehörigkeit, selbstverständlich. Ingrid spürt einen Stich in der Brust. Eine wie die dort könnte sie sein. Wenn nicht.

Manchmal dachte sie, was sie auf jeden Fall an Bernhard binden würde, wären die gemeinsamen Erinnerungen. Das schien ihr wichtig. Ihre Erinnerungen sind nicht spektakulär, aber sie machen nun einmal ihr Leben aus. Seit jeher war Bernhard da und hat dazugehört. Welches Stück Vergangenheit sie im Kopf auch beschwört, Bernhard kommt darin vor. Sie mussten nicht viel zueinander sagen, Stichworte genügten.

Das gedämpfte Licht der Herbstmorgen, wenn die Schule wieder anfing. Der dünne Rauch in der Luft, die vollen Straßenbahnen, die trampelnde, drängende Herde, die sich über die Straße zum Gymnasium schob. Und irgendwo darunter Bernhard, aufgeschossen (später wurde er stämmig), blond, schweigsam, zuverlässig.

Er fiel ihr auf, als sie noch keine vierzehn war. Sie gingen nicht in dieselbe Klasse.

Die lange, staubige Durststrecke der Sommerferien. Und dann der Schulbeginn, ein verklärter September, trotz früher Kälte. Ein paar Wochen danach waren sie zum ersten Mal miteinander eislaufen, der bleiche Himmel sah schon nach Schnee aus.

In Gemäldegalerien zog es sie beide oft zu Bildern, die das Weiß und Grau städtischer Winterhimmel über Dachlandschaften einfingen.

Später fuhr Bernhard mit auf Urlaub, an den Neusiedler See, zum Camping, und an die Adria. Rote Wolkenfetzen im Sonnenuntergang hinter dem Schilf und ein warmer Wind, der über die weite Wasserfläche strich. Der See, das kleine Meer.

Danach das große. Ihre Kinder machen sich später lustig über die Orte, die Bernhard und ihr, den Nachkriegsjugendlichen aus sparsamen Verhältnissen, eine aufregend neue Welt eröffneten, Caorle, Jesolo, Lignano; breite Sandstrände mit Reihen um Reihen von Sonnenschirmen und ein seichtes, zahmes Meer, in das man kilometerweit waten musste, damit es einem bis zur Brust stieg – was war das gegen die türkise Tiefe oder den wilden Wellenschlag um griechische Inseln! Ihnen hingegen kam nie wieder ein anderer Süden so sehnsuchtsstillend *südlich* vor wie die Städtchen an der oberen Adria in ihrer Pubertät.

Von Anfang an gehörten sie zueinander, das wurde hingenommen, auch von ihren und seinen Eltern. Sie gingen zu zweit in die Tanzschule und fuhren miteinander auf Maturareise, er mit ihrer Klasse und sie mit seiner, zum Glück fanden die Reisen nicht gleichzeitig statt. Ihre Freundinnen waren mit Bernhard befreundet und seine Freunde mit ihr. Nicht, dass sie gar nichts ohne einander unternommen hätten – aber bei jeder Unternehmung war klar, dass am Ende der andere warten würde, verlässlich, ohne ein Wort des Vorwurfs; da es zwischen ihnen kein Misstrauen gab und keine Machtkämpfe, mussten sie einander auch nicht einschränken.

Sie kam ohne die Dramatik aus, die das Lebenselixier ihrer Schwester ist. Marlies kennt nur den Ausnahmezustand, sie ist entweder atemlos vor Glück oder unberechenbar aus Trauer. Sie hängte ihr Herz an Verwegene und Verlorene, sie wurde angebetet und verstoßen, und immer war wichtig, dass ihre Affären das Gütesiegel der Auffälligkeit trugen.

Ingrid hätte nicht mit ihr tauschen wollen. Die Sicherheit, in der Bernhard und sie sich bewegten, hielt ihnen den Kopf frei fürs Studium, für den Beruf, dann für die Kinder. Zusammen waren sie offen für die Welt, während Marlies im Verschlag ihrer Leidenschaften mal tobte, mal apathisch litt, aber immer befangen blieb.

Erst viel später kam ihr in den Sinn, dass sie und Bernhard vielleicht doch nicht an dasselbe gedacht haben mochten, wenn sie *Grado* sagten oder *Siena*, oder *Weißt du noch, an der Uni*. Sie sah sich dabei mit ihm durch den Volksgarten traben, zwischen zwei Vorlesungen, in der Junisonne, sie roch die frühen Rosen und hörte das Tschilpen der Vögel durch den Verkehrslärm vom Ring, aber woher nahm sie die Gewissheit, dass ihm nicht etwas ganz anderes durch den Kopf gegangen war?

Trotzdem. So wenig Konfliktstoff. Sie mieteten die Wohnung in der Josefstadt. Sie arbeiteten beide. Sie kümmerten sich beide um Haushalt und Kinder. Keine Debatten über einen anderen Lebensstil, über ein kleinkariertes Glück im Grünen etwa, oder darüber, ob sie nicht besser (besser für ihn) daheim bleiben sollte, oder darüber, ob es nützlich wäre, wenn Bernhard Golf spielen lernte und sie Einladungen für seine Vorgesetzten gäbe. Natürlich, kleine Streitereien ab und zu, wer was zu besorgen versprochen habe und Ähnliches, doch nie grundlegende Differenzen. Statt dessen spannende Gespräche, in denen sie zu gleichen Urteilen kamen. Keine ideologischen Gräben.

Marlies schlief mit Männern aus unterschiedlichen weltanschaulichen Lagern, zur Sammlung ihrer Liebhaber gehörten scharfkantige Herrenmenschen in feinem, dunkelblauem Tuch ebenso wie parasitäre Leistungsverweigerer oder bürokratische Weltverbesserer, manchmal hatte Ingrid den Eindruck, dass eine Prise ideologischen Abscheus Marlies' Leidenschaft sogar anfachte, als bürgten zweifelhafte politische Positionen für erotische Funkenflüge.

Sie hingegen konnte sich nicht vorstellen, in jemanden verliebt zu sein, dessen Ansichten sie nicht respektierte.

Sie gaben ihr Geld für Bücher aus, für Zeitungen, für Reisen, auch für häusliche Dienstleistungen, weil sie beide ihre Zeit nicht mit Putzen und Bügeln zubringen mochten. Ihre Ansprüche an Sauberkeit und Ordnung waren in etwa gleich hoch, oder gleich niedrig, wenn man so wollte, denn sie konnten über trübe Fenster oder fehlende Fußbodenleisten großzügig hinwegsehen. Sie brachten ihren Kindern bei, dass neue Badewannen, modische Armaturen oder aufwendig ausgestattete Küchen unwichtig waren (nicht unbedingt mit Erfolg, denn ihr Sohn Philipp lebt inzwischen in einer Wohnung, die bei jeder Einrichtungs- und Elektronikmesse Furore machen würde), Kino- und Konzertkarten hingegen von existenzieller Bedeutung. Wenn sie sich kostspielige Einrichtungsgegenstände leisteten, dann waren es Designerlampen oder Stühle im Stil der Bauhaus-Klassiker. Nie hätte Ingrid einen Pelzmantel besitzen wollen.

Sobald sie sich die Klagen von Freundinnen anhörte, erfüllte sie tiefe Dankbarkeit, dass ihr Bernhard über den Weg geschickt worden war, wenngleich sie nicht wusste, welcher Macht sie danken sollte, denn wie Bernhard war auch sie nicht religiös. Sie erzogen ihre Kinder konfessionslos, nicht einmal darüber gab es Auseinandersetzungen.

Mit Staunen erfuhr sie, weswegen andere Paare einander zerfleischten. Da wurde über Anschaffungen gestritten, über die Verteilung der Hausarbeit, den Umgang mit den Kindern, darüber, dass die Männer umsorgt werden wollten wie Säuglinge oder die Frauen den Männern mangelnden Karrierewillen unterstellten.

Schwiegereltern wurden wechselseitig gehasst und zum Anlass genommen, einander zu grollen. Geschwister erregten Anstoß und trieben Keile zwischen Mann und Frau.

Nie hätten Ingrid und Bernhard die Loyalität zu ihren Eltern über ihre Solidarität miteinander gestellt. Sie ertrugen Marlies augenzwinkernd gemeinsam. Die Prioritäten waren klar: füreinander erst sie beide, dann alle anderen.

Marlies kommt zurück, sie hat sich durch die Menge gedrängt, um ihnen zwei Gläser – eigentlich Plastikbecher – Sekt zu holen, die an einem Stand unter den Arkaden verkauft werden. Jetzt hält sie die Becher hoch, um sie vor Rempeleien zu schützen, und schiebt sich langsam näher, Triumph im Gesicht. Marlies in ihrer Manie kann mitreißend fröhlich sein und mitreißend verzweifelt. Zurzeit ist offenbar Lebenslust angesagt. Sie reicht Ingrid einen Becher und prostet ihr dann mit ihrem zu. Feines Spektakel, was? Du kannst von Glück sagen, dass ich dich hergeschleppt hab.

Marlies und sie schauen einander ähnlich, aber erst auf den dritten Blick. Sie haben beide ausgeprägte Wangenknochen und tiefliegende, runde Augen. Doch Marlies ist groß, blond und breitschultrig, Ingrid dagegen schmal, braunhaarig und kleiner. Meistens staunt man, dass sie miteinander verwandt sind. Ehrlich, sie sind Schwestern? Das hätte man nicht vermutet. Wo Marlies doch ein ganz *anderer Typ* ist als sie.

Bernhard ist seinem *Typ* treu geblieben.

Er fand Marlies *aufgedonnert*. Sie hat Freude am Verkleiden und an der Selbstinszenierung, je nach Lover und Laune spielt sie mit wechselnden Masken, mal behängt sie sich mit Modeschmuck, mal legt sie Wert auf unterkühlte Eleganz, sie geht zur Kosmetikerin und ins Fitnessstudio, und ihre Haare werden von teurer Meisterhand geschnitten.

Ingrid war immer einigermaßen hübsch ohne besondere Anstrengungen, hätte sie sich angestrengt, wäre sie noch hübscher gewesen, aber der Effekt schien ihr den Aufwand nicht wert. Auch nachträglich kann sie keinen Fehler darin sehen, denn sie blieb nicht unbeachtet, oh nein. Und was Bernhard anlangte, so machte er in all den Jahren nie den Eindruck, sie lasse ihn physisch gleichgültig. Nach wie vor zog er sie rasch an sich, wenn sie, bei Geselligkeiten oder auch daheim, einen Moment unbeobachtet waren, und griff nach ihr, gierig und kundig, kundig aus gründlicher Kenntnis ihres Körpers. Ihre Lust aufeinander zerbröckelte nicht unter dem Gewicht der Gewohnheit. Sie müsse aber doch was gemerkt haben, sagten ihre Freundinnen. Die Wahrheit ist: Sie merkte nichts.

In den meisten Partnerschaften gibt es eine Person, die schlampig ist und nachlässig, die den Schlüssel verliert, die Kreditkarten verlegt und das Geld für die Haushaltsversicherung zu überweisen vergisst (sofern man ihr das Überweisen überlässt) – und die oder den anderen, der die schlampige Person in ihrer Sorglosigkeit bestärkt, weil er zuverlässig darauf schaut, dass sie nicht zu viel Schaden anrichtet.

Ingrid hat Freundinnen, die sich davor fürchten, einmal allein zu sein, weil sie, wie sie sagen, ohne ihre Männer in manchen Belangen hilflos wären, nie haben sie sich, seit sie verheiratet sind, um ihre Autos, die Reparaturen am Haus, ihre Kontoauszüge, den Abtransport der Gartenabfälle gekümmert, für sowas sorgen ihre Männer, sie wüssten gar nicht, wie das geht. Da sie keine Anstalten treffen, ihre Wissenslücken zu schließen, ist ihre Furcht, wie es scheint, bloß hypothetisch, offenbar gehen sie davon aus, dass ein gütiges Geschick ihnen ihren Prinzessinnenstatus erhalten wird, wahrscheinlich glauben sie insgeheim, verlassen zu werden deute auf einen Mangel an Liebenswürdigkeit hin; eine, die es wert ist, geliebt zu werden, wird auch vom Schicksal geliebt, und einer, die das Schicksal liebt, erspart es Verluste, egal, ob durch Untreue oder Tod. So stellen sie sich das vermutlich vor.

In ihrer Ehe war Ingrid diejenige mit dem Überblick, sie hat die Kreditkarten aufbewahrt und die Regale zusammengeschraubt. Trotzdem war Bernhard ihr Halt.

So ein Glück, dass du nie auf ihn angewiesen warst!, sagte ihre Freundin Lore nachher. Für Ingrid klang es wie eine Ursachenfeststellung. Weil sie nicht auf ihn angewiesen war, war Bernhard ihr nicht verpflichtet.

Er hat es ihr ziemlich bald eröffnet. Er hat sie nicht lang im Ungewissen gelassen. Ihr erster Gedanke, komischerweise: All die Gelegenheiten zur Untreue, als es noch Gelegenheiten gab, und keine davon hat sie wahrgenommen.

Er ist seinem Typ treu geblieben. Wie Ingrid ist Ruth keine aufsehenerregende Primadonna, sondern von unaufdringlich gefälligem Äußeren. Sie ist acht Jahre jünger als Ingrid, also nicht jung genug, als dass man sagen hätte können, der zarte Schmelz der Jugend habe den alten Bock betört. Was ihn betört hat – wenn dieses Wort überhaupt angebracht ist –, blieb unklar. Er ging einfach fort, zu Ruth, mit der er nicht wesentlich anders zu leben schien als mit Ingrid, nur in einer anderen Wohnung, aber auch die lag in einem zentrumsnahen Bezirk.

Ingrid dachte zuerst, sie hätte die Verpflichtung, beherzt einen Neustart zu wagen. *Trennung als Chance*. Andere schienen so etwas zu schaffen, aber vielleicht ja nur im Film. Sie jedenfalls fühlte sich flügellahm, unfähig, sich zu entlieben.

Und dann Ruths Anruf aus Florenz: Bernhard tot! Ganz plötzlich, Zusammenbruch, Gehirnschlag, keine Hilfe mehr möglich. Ruth schluchzte fassungslos und Ingrid fühlte sich aufgefordert, sie zu trösten. Nachher war sie wütend, weil Ruth so selbstverständlich davon ausgegangen war, dass ihr Ingrids Trost zustand, und weil sie ihr diesen Anspruch so selbstverständlich erfüllt hatte.

Sie trinkt Sekt und schaut auf die zwei da vorne, die eingehängt, aneinander gelehnt, der Musik zuhören. Sie hat Sehnsucht, aber nicht nach Bernhard, weil Bernhard ja untreu war. Bernhard verdient keine Sehnsucht. Er hat ihr ihre Erinnerungen kaputt gemacht, sie kann nicht einfach um ihn trauern, immer muss sie den Verrat mitdenken. Wenn er schon sterben musste, würde sie gern ohne Bitterkeit um ihn trauern. Wenn er sie schon verlassen musste, würde sie ihn gerne hassen, aber hassen kann man nur die Lebendigen. Er hat sich zweifach abgesetzt, einmal mit Ruth und dann auch noch aus dem Leben, und nun steht sie da.

Um ihn trauern darf Ruth. Mit der stünde er jetzt hier, wenn er hier stünde, nicht mit ihr.

Mit einer imaginären Schere wird sie Bernhard aus ihren Erinnerungen herausschneiden, Bild um Bild nimmt sie sich vor und schnippelt Bernhards Kopf, Bernhards Figur heraus, zurück bleiben leere Umrisse, blinde Löcher.

Nein, das geht auch nicht.

Sie beneidet Marlies, nie hat die einem einzigen Menschen so viel Raum in ihrem Leben gegeben, als dass er mit einem Schlag alle ihre Erinnerungen, ihre ganze Vergangenheit hätte beschädigen können. Lächerlich, dass sie Marlies in Gefahr gesehen hat. Marlies, mit ihrer exzessiven Hingabe an die Abwechslung, macht emotionales Workout, und heraus kommt eine belastbare Gefühlsmuskulatur. Ingrid war diejenige, die sich ausgeliefert hat, riskanterweise, zu dumm.

Vielleicht sollte sie sich zu den beiden da vorne durchdrängen und der Frau einen guten Rat geben. Wissen Sie was? Gehen Sie fremd, bevor es zu spät ist! Fast sieht sie schon die verblüfften Gesichter und muss an sich halten, um nicht zu lachen.

Im nächsten Moment durchfährt sie schneidend ein Verdacht: Was ist, wenn sie sich täuscht, und die zwei sind kein vertrautes Paar, sondern frisch verliebt, so wie Bernhard und Ruth?

Ihre Hand mit dem Sektbecher zittert. Frierst du?, fragt Marlies. Sie schüttelt den Kopf. Das ist ein Fehler, denn nun kann sie nicht mehr sagen, dass sie gehen will, weil ihr kalt ist. Sie starrt auf die Videowand. Sie würde sich gern etwas Zügelloses vornehmen. Leider fällt ihr gar nichts ein.

Mehrgleisig

—

Sie möchte nie wieder auf einen angewiesen sein. Sie will nie wieder verletzt und allein übrigbleiben. Sie braucht eine Reserve, ein Sicherheitsnetz, einen doppelten Boden. Deshalb zwingt sie sich zur Zweigleisigkeit. Mindestens zweigleisig. Dann hat sie immer einen in der Hinterhand. Das ist natürlich nicht ganz einfach. Das ist anstrengend und erfordert eine geschickte Einteilung. Aber dafür kann sie ganz entspannt bleiben, wenn der eine nicht so ist, wie sie möchte, weil sie sich denkt, macht nichts, es gibt ja noch den anderen. Sowieso ein Wahnsinn, von einem alles zu erwarten. Tut man doch sonst auch nicht. Hat man nur eine einzige Freundin? Na also.

Es bereitet ihr Genugtuung, nicht brav und bieder zu sein. Wer immer sie eines Tages verletzen will, wird draufkommen, dass sie ihm zuvorgekommen ist, schon längst hält sie das Messer in der Hand, das sie nun umdreht in den Wunden, die sie ihm vorsorglich geschlagen hat, nur dass er es nicht merkte. Du denkst, du kannst mich verlassen? Ich habe mich nie auf dich eingelassen, schau her, die ganze Zeit schon.

Die Polyandrie fällt ihr nicht ganz leicht, eigentlich würde sie gern monogam leben, ehrlich, treu, geborgen in einer einfachen Zuneigung. Sie hätte dann mehr Zeit für anderes, ihren Beruf, Freundschaften, Weiterbildung, aber sie kann es sich nicht leisten, unvorsichtig zu sein, vertrauensselig, schutzlos, ausgeliefert.

Ich kann nicht treu sein, behauptet sie, sie will sich damit selber festnageln, und dann stellt sie fest, nicht ohne Erstaunen, dass sie das interessant macht, sie wird zur Herausforderung, alle wollen es wissen, jeder möchte der eine sein, dem sie dann doch treu ist.

Das gefällt ihr. Daran gewinnt sie Geschmack. Das wiegt die Anstrengungen der Untreue auf.

Viele Männer zu haben ist nicht schwer, wenn man nicht besonders wählerisch ist. Natürlich stellt sie Basisanforderungen an Aussehen, Intelligenz, Styling, Hygiene, Erotikfaktor, aber sie ist frei von Zukunftsüberlegungen, sie muss keinen finden, mit dem sie die nächsten zwanzig Jahre verbringen, Kinder haben, am Ende sogar alt werden will.

Tief innen ein Gefühl des Mangels. Nein, sie ist nicht stolz auf sich, die richtige Erfolgsbilanz schaut anders aus in ihren Augen, im Grunde hätte sie altmodische Wünsche, einen, der mit ihr Kinder haben und alt werden will, einen, der sie schutzlos mag und trotzdem nicht verletzt, einen, dem sie nichts vorspielen muss.

Aber so einen zu finden und zu halten traut sie sich nicht zu.

Ich liebe dich, sagt sie zu Eric, es kommt ihr leicht über die Lippen. Eric sagt auch, dass er sie liebt, und sie weiß, dass er lügt. Eric ist ein Schlitzohr, ein Jäger und Sammler, er *liebt* sich durch die Gegend, ihr kann er nichts vormachen. Sie ihm dagegen schon, sicher glaubt Eric, dass sie es ernst meint, wenn sie *Ich liebe dich* sagt, Männer wie er sind immer überzeugt, dass die Frauen sie lieben, denen sie ihrerseits Liebe vorheucheln, nicht aus Böswilligkeit, sondern aus freundlichem Entgegenkommen, sie verteilen Liebesbeteuerungen als gute Gabe an Frauen, von denen sie voraussetzen, dass die ohne ihre Liebesbeteuerungen nicht schlafen könnten, weder nachts allein noch mit ihnen.

Ich liebe dich, sagt sie, nachdem sie Eric klargemacht hat, dass Liebe von ihrer Seite nicht Treue bedeutet, was er vorgibt, nicht zu glauben (sind Frauen nicht von der Natur auf Mono programmiert?). Aber ein Stachel der Unsicherheit quält ihn doch, das weiß sie sicher.

Früher war sie sparsam mit Liebesschwüren. Nur aufrichtig gemeinte. Nur, wenn sie dem Mann gerade ohne Vorbehalt zugetan war. Abwägen, ob das, was gesagt werden soll, wirklich in vollem Umfang stimmt.

Eine unnötige Erschwernis.

Jetzt fließen ihr die Liebesbeteuerungen leicht über die Lippen. Heitern den Alltag auf. Was soll's, wenn einer ein Mistkerl ist, macht sie sich deshalb zur Närrin? Nein, denn sie meint es ohnehin nicht ernst. Vorsichtshalber. Überhaupt.

Ich liebe dich. So wie du mich. Nicht mehr und nicht weniger. Eher weniger. Für alle Fälle.

Erics Gegenstück zurzeit ist Johannes, ein braver Sohn aus gutem Haus mit einer Neigung zur Glatzenbildung und einem mäßig trainierten Körper, der jedoch in erstklassigen Anzügen steckt (wenn er denn angezogen ist).

Sie setzt auf Johannes für den Fall, dass sie einmal einen Kümmerer braucht, aber als sie sich den Fuß verletzt, sucht er das Weite. Nicht, dass er sie verlässt, nur von Kümmern kann keine Rede sein. Oje, du Arme, sagt er am Telefon, tut mir leid für dich, sagt er mit routiniertem Bedauern in der Stimme, geht's dir schon besser? *Geht's dir schon besser*, ohne eine Antwort abzuwarten. Wenn es ihr nicht besser geht (was der Fall ist), soll sie den Takt aufbringen, es nicht zu sagen, es gehört sich nicht, andere mit seinen Leiden zu behelligen. So viel zur guten Kinderstube, in der, das hat sie nicht bedacht, zu sorgfältiger Abgrenzung erzogen wird.

Sie *leidet* nicht, nicht in dem Sinn, dass sie verzweifelt wäre oder auch nur verzagt, sie weiß, ihre Behinderung ist befristet, aber jetzt braucht sie eben Hilfe. Von Johannes kriegt sie nichts.

Keine Zeit, zu viel zu tun, Besorgungen unmöglich, Vorbeikommen auch.

Wer zur Stelle ist, erstaunlicherweise, ist Eric. Eric kauft ein, verstaut das Eingekaufte in Kühlschrank und Küchenregalen, trägt den Müll hinunter, übersieht, dass ihre Haare strähnig sind, tut, als wäre sie ihr übliches Selbst, jedenfalls das Selbst, das ihm üblicherweise gegenübertritt, eine unabhängige, gepflegte, mobile Person, mit der man die Frage der Müllentsorgung nur auf der höheren Ebene des Umweltschutzes bespricht.

Dass sich ausgerechnet Eric, dem sie keine Fürsorge zugetraut hat, als krisenresistent erweist, erstaunt sie derart, dass sie ihre Spielregeln neu überdenkt; am Ende waren sie doch nicht so berechtigt, wie sie geglaubt hat. Auf einmal sind gemeinsame Zukunftspläne vorstellbar. Miteinander ein Haus. Kinder. Dauerhafte Zuneigung, trotz gelegentlicher Streitereien oder zu bearbeitender Interessenskonflikte. Eine ganz *normale* Beziehung, wie sie sie immer nur bei anderen beobachtet hat, der Kuchen, der ihr unerreichbar schien, die zu hoch hängenden Trauben, die sie nach fuchsischer Manier für sauer erklärt hat.

Eric und sie. Johannes ist entsorgt, sie verabschiedete ihn, nicht ohne darauf hinzuweisen, dass seine äußere Attraktivität nicht ausreicht, seine sozialen Defizite auch nur vorübergehend zu kompensieren. Das ärgerte sie nämlich: dass ein räudiger Flocki geglaubt hat, den Windhund spielen zu können. Nicht böse sein, sagte sie, aber du kannst es dir nicht leisten, *nicht* hilfsbereit und liebenswert zu sein. So einer wie du sollte sich einschmeicheln wollen, weißt du.

Eric und sie. Paar unter Paaren. Häuslichkeit: Sie kommen heim, essen das von ihr Eingekaufte (ihr Fuß ist ja wieder brauchbar), sehen fern, hören Musik, lesen, gehen ins Bett, haben Sex, manchmal leidenschaftlich, manchmal routiniert.

Sie wäscht wieder täglich ihre Haare. Wenn es einmal so weit kommt, dass man einander ungeniert Ausdünstungen und Verdauungsgeräusche zumutet, ist man entweder sehr alt und hat die Untiefen der Desillusionierung gemeistert, oder man wird demnächst an ihnen scheitern. Beharrlich räumt sie die Nagelpilztinktur weg, die Eric ständig im Bad herumstehen lässt.

Sie gehen auf Feste, aber wozu, wenn sie danach doch nur wieder mit Eric heimfährt.

Sie achtet auf ihr Gewicht, trotzdem werden ihr ihre Jeans zu eng. Sie denkt an fette Hauskatzen, träge, nachdem man sie kastriert hat, und erschrickt.

Wollt ihr keine Kinder?, wird sie gefragt. Noch nicht, antwortet sie.

Eric und sie debattieren nach wie vor, das ja, aber langsam kann sie seine Argumente auswendig. Manche seiner ideologischen Positionen sind ihr unsympathisch, deswegen meidet sie eine Reihe von Themen. Sie wird ihn ja doch nicht überzeugen und er sie auch nicht.

Es ist unreif, ständig Abwechslung zu brauchen. Erwachsene Menschen sind zu erwachsenen, dauerhaften Beziehungen fähig. Dieser Ansicht war sie schon immer, nur dass sie früher sich für reif und die meisten Männer für unreif hielt.

Jetzt erspart sie sich Klassifizierungen. Fakt scheint, dass dauerhafte Beziehungen den Keim der lähmenden Langeweile in sich tragen, für sie jedenfalls. Ob sie sich ihre Rastlosigkeit erst durch ihren vorherigen Lebensstil eingehandelt hat, könnte sie nicht sagen, ist ja auch egal.

Sie zögert, wieder auf die Pirsch zu gehen. Sie will Eric nicht animieren, das Gleiche zu tun. Als sie ihn noch für einen Mistkerl hielt, war es egal, ob er sich auch wie einer verhielt, aber seit er zu ihr gehört, will sie ihn nicht verlieren, sie hat sich an ihn und an seine Liebe gewöhnt, auch wenn beides nicht ausreicht, ihr die Spannung neuer Eroberungen zu ersetzen.

Wie viel Zeit steht ihr überhaupt noch für neue Eroberungen zur Verfügung, bevor sie als lächerliche alte Frau endet, die nicht aufhören kann, sich Männern an den Hals zu werfen, obwohl sie statt Selbstbestätigung nur noch Fußtritte für ihre Selbstachtung damit erntet?

Wenn es so weit mit ihr käme, dann hätten sich ihre Sicherheitsvorkehrungen ins Gegenteil verwandelt. Sie hat sich zur Polyandrie gezwungen, um nicht verletzt auf der Strecke zu bleiben, da wäre es schon komisch, wenn später die Polyandrie sie zwingen würde, ihre Würde zu riskieren.

Aber angenommen, sie bleibt Eric treu, und Eric wartet bloß ab, bis sie zu alt ist, um auf die Jagd zu gehen, bevor er seinerseits wieder auf die Jagd geht? Was hat sie dann noch in der Hand, um ihren Stolz zu retten?

Sie geht auf das eine oder andere Fest, ohne Eric (Eric hat viel Arbeit zurzeit, er ist erleichtert, dass er sie nicht begleiten muss), kehrt aber ohne Beute zurück. Nichts als Paare dort, oder Single-Männer, die sofort von – attraktiven, jüngeren, bemerkenswert durchsetzungswilligen – Single-Frauen belagert werden. Deren Konkurrenz fühlt sie sich nicht ganz gewachsen, was sie in ihrer Meinung bestärkt, dass sie sich beeilen muss. Sie sucht im Internet, aber die daraus resultierenden Dates frustrieren sie – zu wenig spielerisch, zu zielstrebig, sie hat das Gefühl, es sitzen ihr Buchhalter mit einer Plus-Minus-Liste gegenüber, auf der sie abhaken, was ihnen an ihr ge- und missfällt, daraus wird nichts, schließlich sucht sie keine Lebenspartnerschaft mit mildem, pragmatischem Sex, sondern Aufregung und Abenteuer.

Am Ende wird sie im Büro fündig, ein Kollege, den sie wenig beachtet hat. Nicht dass er ihr plötzlich den Atem nimmt, aber es unterhält sie, bisher verborgene Seiten an ihm zu entdecken,

Heimlichkeiten mit ihm zu teilen, verstohlene Berührungen zu tauschen.

Sie war noch keine fünfmal mit ihm im Bett, da steht eines Abends seine Frau vor ihrer Wohnungstür.

Warum?, fragt Eric. Sein Gesicht ist fleckig, seine Augenlider und seine Mundwinkel hängen. Sie würde ihn gern in die Arme nehmen und tröstend wiegen wie ein Kind, sie traut sich nur nicht.

Sie könnte sagen: Ich hab doch immer gesagt, ich bin unfähig zur Treue – aber seit sie weiß, dass es stimmt, kann sie es nicht mehr aussprechen.

Mütter

Er will nicht, dass sie zu seiner Lehrerin geht. Das ist einer der Gründe, warum er darauf schaut, dass er gute Noten hat. Damit er ihr sagen kann: Du musst gar nicht hin, ist alles okay. Nicht, weil er sich für sie geniert. Er will sie schützen. Sie ist so ahnungslos, sie merkt es oft gar nicht, wenn sie geringschätzig behandelt wird, aber in ihm krampft sich alles zusammen. Dann wieder ist sie beleidigt wegen irgendwelcher Kleinigkeiten und regt sich auf, und er hat Mühe, sie zu beruhigen. Er will nicht, dass sie in die Schule geht, weil er sie auch vor sich selber beschützen muss.

Er erinnert sich heute noch an eine Bahnfahrt mit ihr, nach Salzburg, er muss sechs oder sieben gewesen sein. Er weiß nicht mehr, warum sie nach Salzburg gefahren sind, er glaubt, dass der Vater sie hinbestellt hat, aber der Grund ist ihm entfallen. Er hat verschwommene Bilder im Kopf, von einem Familientreffen mit Cousins seines Vaters, doch vielleicht bildet er sich das bloß ein.

Tatsache ist, dass sie mit ihm fuhr, zum ersten Mal allein, ohne den Vater oder sonst einen erwachsenen männlichen Verwandten, und dass sie nicht wusste, was Platzkarten sind. Sie selber hatten keine Sitze reserviert, aber sie setzte sich mit ihm in ein reserviertes Abteil. Bald darauf kamen die Leute mit den Platzkarten und forderten sie auf, die Sitze zu räumen. Sie weigerte sich. Sie war schließlich zuerst da gewesen.

Ja, aber wir haben dafür bezahlt, sagten die Leute und zeigten auf die Sitze.

Sie verschränkte die Arme vor der Brust. Ich *auch* bezahlt, sagte sie trotzig.

Das stimmte. Sie hatte bezahlt, allerdings keine Sitzplatzreservierung. In ihren Augen war das Verhalten der anderen jedoch reine Schikane.

Und es wurde auch barsch und herrisch mit ihr umgesprungen. Von vornherein schlugen die mit den Platzkarten einen ungnädigen Ton an, einen, der den bloß Geduldeten gilt. Weil sie nicht wich, versuchten sie es mit Erklärungen, aber herablassend, angewidert von ihrer Halsstarrigkeit. Sogar eine Frau, die sich als einzige bemüht hatte, freundlich zu sein, konnte schließlich ihre Verachtung nicht verbergen, achselzuckend wandte sie sich weg, weil die Mutter gar so stur blieb. Erst als der Schaffner geholt wurde, gab die Mutter auf und räumte das Abteil, murrend, empört und bestätigt in ihren schlimmen Erwartungen, dieses Land und seine Bevölkerung betreffend.

Noch immer empfindet er Pein, wenn er daran zurückdenkt. (Ja, *Pein* – er denkt wirklich an Pein, wenn er von einem peinlichen Erlebnis spricht, nie verwendet er das Wort *peinlich* so leichtfertig wie die anderen).

Er genierte sich und war wütend, auf die fremden Leute, weil sie seine Mutter behandelten wie Dreck, und auf seine Mutter, weil sie so unwissend war und so uneinsichtig.

Lisas Mutter nimmt Flugzeuge und Taxis, sie kennt sich aus mit Internetbuchungen und Bonusmeilen, wenn sie Bahn fährt, setzt sie sich in den Speisewagen, und falls ihr jemand blöd käme, würde sie den eiskalt zur Schnecke machen, davon ist er überzeugt.

Wer braucht schon Väter, sagt Lisas Mutter lässig und lacht, wenn die Rede auf Single-Mütter kommt.

Doch für ihn gilt das nicht. Ach, wie traurig, seufzt sie, als sie zum ersten Mal hört, dass sein Vater tot ist, das ist sicher sehr schlimm für dich.

Für dich. Für dich aus einer anderen Kultur. Ihr braucht den Patriarchen. Wir nicht.

Soll er sagen, dass er viel freier atmen kann, seit es den Vater nicht mehr gibt? Nein, das könnte er nie zugeben, erstens wegen der Familie, seine Onkel würden derart frevelhafte Aussagen nicht dulden, aber auch, weil er nicht riskieren kann, dass solche wie Lisas Mutter das missverstehen. Sein Vater war hart und unbeugsam, aber war er deshalb *repräsentativ* für eine Tradition der Unterdrückung? Kemal hat solche wie Lisas Mutter im Verdacht, dass sie zwar liberal und vorurteilsfrei tun (vielleicht auch sein wollen), aber trotzdem jederzeit glauben würden, dass in einer Familie wie seiner Gewalttaten zur Tagesordnung gehören. Das drückt ihm einen Stempel auf. Wenn er sagt, dass sein Vater ihn eingeschüchtert hat, dann glauben die, dass er ebenfalls darauf programmiert ist, Furcht zu verbreiten, vielleicht nicht gleich, aber später einmal. Natürlich würde Lisas Mutter nie von genetischer Programmierung sprechen. *Kulturell geprägt* heißt so etwas bei ihr, aber meinen tut sie genetisch. Beziehungsweise: Wo liegt der Unterschied? Beides bedeutet offenbar unentrinnbares Schicksal. In ihrer Auffassung.

Lisas Mutter, Stella, will, dass er sie duzt. Du sagst doch nicht allen Ernstes *Sie* zu mir?, fragte sie, als er sie kennenlernte, lachend, entsetzt, fast beleidigt. Lisas Freunde sagen alle du.

Sie ist nicht die einzige Erwachsene, die Wert darauf legt, respektlos behandelt zu werden, davon gibt es eine ganze Menge, alle sind sie stolz darauf, keinen Stolz zu haben, der verlangt, dass man sie nicht auf eine Stufe stellt mit ihren Kindern. Seine Mutter würde so etwas nicht erlauben, er traut sich gar nicht, ihr zu sagen, dass er Lisas Mutter Stella nennt wie eine Gleichaltrige.

Dafür wird seine Mutter von ihren Arbeitgeberinnen geduzt. Nicht von allen, aber zwei sagen Yeter zu ihr und du, er hat es gehört. Natürlich sprechen sie den Namen obendrein falsch aus, besonders die eine, Geschäftsführerin einer Möbelhauskette ist sie. Sie sagt *Jetta* statt *Yetär*, aber seine Mutter verbessert sie nicht.

Seine Mutter geht putzen. Lisas Mutter hat Kunst studiert und unterrichtet bildnerische Erziehung, außerdem malt sie, ihre Bilder werden auf Ausstellungen gezeigt und auch verkauft. Sie beschäftigt eine Putzfrau aus Polen. Die wird ebenfalls beim Vornamen genannt, jedoch gesiezt.

Lisas Mutter ist politisch engagiert, sie geht zu Versammlungen gegen die Globalisierung und gegen den Sozialabbau. Sie zahlt ihrer Putzfrau mehr als üblich, sagt Lisa, und schenkt ihr alle ihre abgelegten Klamotten. Wahrscheinlich verkauft die Putzfrau die Sachen weiter. Lisas Mutter findet das okay, sagt Lisa, sie vergönnt ihr, dass sie sich damit ein bisschen was nebenbei verdient.

Er denkt sich, seine Mutter würde einer Putzfrau ebenfalls einen kleinen Nebenverdienst aus dem Verkauf abgelegter Klamotten vergönnen, wenn sie eine Putzfrau hätte, aber leider, seine Mutter muss selber putzen, daheim und auswärts.

Lisas Mutter ist schön, eine große, schlanke, trainierte Person mit dichten, blonden Haaren, in Designerjeans und modischen Lederjacken. Sie ist zwei Jahre älter als seine Mutter. Das Blond verdankt sie einer teuren Friseurin, und die tolle Figur kommt zur Geltung, weil sie Designerjeans trägt statt weiter Hosen unter fusseligen Plastikpullovern. Seine Mutter wäre auch schön, wenn sie sich schön machen könnte. Aber seine Mutter hat keine Zeit, sich schön zu machen. Manchmal wünscht er sich, dass sich seine Mutter besser anzieht und anders frisiert, er hätte dann weniger oft das Gefühl, sich vor sie stellen zu müssen.

Die Onkel und Tanten wären freilich befremdet, wenn seine Mutter so herumliefe wie Lisas Mutter. Er weiß, dass er ungerecht ist, wenn er es Lisas Mutter übel nimmt, dass sie es sich leisten kann, so zu sein, wie sie ist – als wäre sie schuld, dass seine Mutter sein muss, wie sie sein muss. Lisas Mutter. Ahnungslos. Sagt: Deine Mutter hat deinen Vater wohl sehr geliebt, wenn sie nicht wieder heiraten will.

Sie selber will doch auch nicht wieder heiraten. Bei ihr genügt die Begründung, dass sie nicht wieder heiraten will. Aber bei seiner Mutter muss es romantische Gründe haben. Lisas Mutter sieht in seiner Mutter eine andere Sorte Frau, unselbständig und abhängig. Wenn seine Mutter nicht von einem lebenden Ehemann abhängt, dann muss sie, stellt Lisas Mutter sich vor, von der Erinnerung an einen toten Ehemann abhängen.

Seine Tante Hadice, die Frau seines ältesten Onkels Ismail, hat seiner Mutter erst kürzlich wieder von einem passenden Witwer in Anatolien erzählt, der sich glücklich schätzen würde, wenn er eine Frau wie sie heiraten könnte. Seine Mutter stellte sich taub wie üblich. Er weiß nicht, wie lange es ihr noch gelingen wird, die Andeutungen und Vorschläge zu überhören, und die spitzen Bemerkungen, die darauf hinauslaufen, dass alle Widrigkeiten, die sie erlebt, nur auf das Fehlen eines Ehemannes in ihrem Leben zurückzuführen sind.

Er hat sich in Lisa verliebt, sofort, als er in die Klasse kam. Immer haben ihm Mädchen wie sie gefallen, selbstbewusste Mädchen mit dem unschuldigen Glanz selbstverständlicher Privilegien, unschuldig, weil er zu ihnen gehört wie ein reiner Teint oder gute Zähne, Gnadengeschenke des Schicksals, die man schließlich auch nicht an sich gerafft hat in böser Absicht. Lisas Vater ist Architekt, er lässt sich finanziell nicht lumpen, ihren letzten Geburtstag durfte Lisa im *Aux Gazelles* feiern, mit beliebig vielen Freunden und Freundinnen ihrer Wahl, ihr Vater kam dafür auf.

Er kauft sich bloß von seinem schlechten Gewissen los, sagt Lisa, lachend, unbekümmert.

Lisa musste nie nachts auf ein eiskaltes Gangklo pinkeln gehen, das man mit Nachbarn teilt, sie kennt die abschätzigen

Blicke nicht, die einen begleiten auf Schritt und Tritt, wenn man das Pech hat, in der falschen Ecke des Universums geboren worden zu sein. Die falsche Ecke kann in einer anderen Weltgegend liegen, zum Beispiel dort, wo seine Eltern herkommen, oder auch hier. Er ist nicht so dumm, zu übersehen, dass es auch hier welche gibt, denen es verdammt wenig nützt, zu den seit Generationen Ansässigen zu gehören.

Lisa freilich kommt aus einer Familie, die seit Langem gegen abschätzige Blicke imprägniert ist. Die Leute sehen Lisa oder jemanden aus ihrer Familie und wissen, schon von Weitem, dass abschätziges Schauen nicht in Frage kommt. Seine Mutter wird in Geschäften stehen gelassen wie eine, die Geld verlangen statt Geld ausgeben will. Lisas Mutter betritt ein Geschäft und die Verkäuferinnen kommen herangewieselt, egal, ob sie etwas kauft oder sich nur beschwert. Lisa kennt keine abschätzigen Blicke, nicht die Sorte, die er kennt, deswegen merkt sie es gar nicht, wenn andere davon getroffen werden. Furchtlos und arglos ist sie, vielleicht hat er gedacht, er bekommt etwas von ihrer Sicherheit ab, wenn er sich mit ihr einlässt.

In letzter Zeit allerdings geht ihm ihre Dickfelligkeit immer öfter auf die Nerven. Geh bitte!, sagt sie, verständnislos. Was hast du denn jetzt wieder?, fragt sie, als wäre er bloß ein Miesmacher, der sich etwas einbildet.

Obwohl – auch sie sieht sich in Diskrimierungsgefahr, nur auf einer anderen Ebene. Glaubt sie im Ernst, sowas zieh ich an?, empört sie sich über ihre Mutter. Ich sag ihr, ich will ein Ralph-Lauren-Poloshirt und sie schenkt mir diesen No-name-Ausreibfetzen? Damit kann ich doch nicht unter die Leute gehen!

Er tut, als würde er ihren Ärger teilen, damit ihr nicht zu Bewusstsein kommt, dass Ralph-Lauren-Poloshirts außerhalb seiner Gedankenreichweite sind, aber in Wirklichkeit würde er sie gerne rütteln, bis ihre Augen vor Schreck auf- und zuklappern wie bei einer Puppe.

Jitka ist blass und dünn. An ihrem schmalen Oberkörper sitzen zwei große, kugelige Brüste, deswegen wird sie ständig von Kerlen aller Altersstufen angebaggert. Sie sagt, dass ihr das lästig ist, es hört sich an, als sollte Kemal sie vor den Typen beschützen. Kemal antwortet, er versteht nicht, warum sie sich in enge Pullis quetscht, wenn sie nicht will, dass man auf ihre Brüste aufmerksam wird. Das nächste Mal, als er sie trifft, hat sie sich in einen weiten Pulli verkrochen.

Sie ist nicht besonders hübsch. Sie hat ein kleines, dreieckiges Gesicht mit einer langen Nase, schmale Lippen und eng beieinander stehende Augen. An ihren Ohren schaukeln große Ringe aus gelbem Metall, von denen bunte Plastikherzchen baumeln. Ihre Mund ist lila bemalt, die Augen sind dick schwarz umrandet.

Kemal sagt versuchsweise etwas Spöttisches über die Plastikherzchen. Sie nimmt die Ohrringe ab. Er äußert sich abfällig über Schminke. Sie tritt ihm ungeschminkt entgegen. Sie ist noch immer nicht schön. Sie schaut ihn von schräg unten an, er weiß nicht, ob es ein gefügiger Blick ist oder ein taxierender.

Sei nicht gemein zu ihr!, sagt seine Schwester Ilknur, die Jitka unter ihre Fittiche genommen hat, seit sie Lehrling ist in der Parfümerie, in der Ilknur als Verkäuferin arbeitet.

Seine Mutter weiß vermutlich, dass Lisa nicht bloß eine Schulkollegin ist wie jede andere. Aber er redet nicht mit ihr über Lisa, und sie redet ihn nicht auf Lisa an. Was nicht ausgesprochen ist, muss nicht besprochen werden. Der Familie – also seinen Onkeln und Tanten – wäre es nicht recht, dass er mit einer wie Lisa geht. Wenn sie seine Beziehung zu ihr duldeten, dann auf eine Art, die ihm nicht passen würde. Nicht, dass er in Lisa so etwas wie eine künftige Braut sieht. Aber ihr zuliebe müsste er darauf bestehen, dass seine Onkel und Tanten sie als mögliche spätere Verlobte akzeptieren, weil die Alternative wäre, dass sie bei ihnen als Schlampe gilt, und das hat sie nicht nötig.

Lisa natürlich keine Ahnung, und Stella schon gar nicht. Stella braucht sich gar nicht gütig vorzukommen, weil sie so nett zu ihm ist, er ist der Nette. Außerdem ist Stella nicht seinetwegen nett zu ihm, sondern weil sie gern in ihrer Nettigkeit badet, sie muss sich einfach ständig bestätigen, wie großzügig sie ist.

Jitkas Großmutter ist auch nett zu ihm, aber nicht gönnerhaft, sondern schmeichelnd. Dort ist er der Prinz. Wenn er ehrlich ist, hat ihr Gesausel manchmal fast etwas Schmieriges, aber das kann man Jitka nicht zum Vorwurf machen. Jitka, ihre Mutter und ihre Großmutter sind seit zwei Jahren hier, wovon sie gelebt haben, ehe die Mutter ihren reichen Freund aufgetan hat, ist nicht ganz klar, aber mittlerweile auch unerheblich. Die Frauen – nicht Jitka, nur ihre Mutter und ihre Großmutter – kamen offenbar her in der Absicht, einen wohlhabenden Gönner für Jitkas Mutter zu finden, und diese Rechnung ist aufgegangen.

Jitkas Mutter hat eine ähnlich auffallende Oberweite wie ihre Tochter und dazu auch noch einen runden Hintern. Sie trägt sexy Klamotten, hohe Absätze, lange Fingernägel und tiefschwarz gefärbte, lockige Haare, die immer ein wenig verwuschelt aussehen, als käme sie gerade aus dem Bett. Sie ist jung, knapp fünfunddreißig, ihr reicher Freund ist über siebzig. Er sagt, Jitkas Mutter sei noch eine richtige Frau, so etwas finde man nicht unter den aufgehetzten Weibern hierzulande. Jedenfalls erzählt Jitka das. Wenn sie über ihre Mutter und deren Freund spricht, kriegt sie einen Gesichtsausdruck, in dem kindlicher Gehorsam und Verlegenheit miteinander kämpfen. Kemal ertappte sich vor Kurzem dabei, wie er dachte, eigentlich müsste er sie mitnehmen und retten, ehe das Verlegene zum Verschlagenen wird.

Lisas Mutter kommt nach Hause und hat ihnen Trześniewski-Brötchen mitgebracht, eine ganze Schachtel voll. Na, ihr zwei, sagt sie, habt ihr Aufgaben gemacht oder bloß Schindluder getrieben?

Sie sei hundemüde, sagt sie dann. Sie müsse sich jetzt einmal hinsetzen, die Beine hochlegen und gemütlich ein Glas Wein trinken.

Seine Mutter ist auch hundemüde, wenn sie heimkommt. Aber sie setzt sich nicht gemütlich hin, sondern sie kocht Abendessen und kocht vor für nächsten Mittag und putzt und bügelt Wäsche, ganze Berge von Wäsche, auch für seine Schwester Gül, die Sekretärin ist und so viele Überstunden macht, dass sie nicht zum Bügeln kommt. Ilknur bügelt ihre Sachen selber, ihre und die ihres Mannes, denn sie ist verheiratet, während Gül noch allein lebt.

Später, sie sitzen mit Lisas Mutter in der Küche und essen die restlichen Brötchen, redet Lisas Mutter über ein Sofa, das sie gesehen hat, und zwar in dem und dem Möbelhaus. Kemal wirft lässig ein, dass er die Geschäftsführerin kennt. Wirklich?, fragt Lisa desinteressiert. Ja, sagt Kemal, das ist witzig, zu Hause hat die lauter ganz alte Möbel stehen.

Warst du schon mal bei ihr daheim?, fragt Lisa, diesmal gelinde erstaunt.

Ja.

Warum?

Sie ist eine Bekannte meiner Mutter.

Er horcht seiner Stimme nach. *Eine Bekannte meiner Mutter.* Klingt cool. Klingt so, wie auch Lisa und ihre Mutter und deren Freundinnen immer reden. Kennst du den Primar von der HNO-Abteilung im Rudolfsspital? Ja, klar, ein alter Bekannter meiner Eltern. Ein Studienkollege meines Vaters. Mit mir in die Schule gegangen. Der Sowieso? Ja, richtig, jetzt ist er im Aufsichtsrat. Ich kenne ihn noch aus der Tanzschule.

Wirklich, sagt Lisa. Sie sagt es nicht ungläubig, sie sagt es nicht mal fragend, eher so, als sei es durchaus selbstverständlich, dass seine Mutter mit Geschäftsführerinnen von Möbelhausketten verkehrt, die auch schon *Unternehmerin des Jahres* waren, und nur kurios, dass man jetzt gerade auf sie zu sprechen kommt.

Später kriegt er Schweißausbrüche. Er hätte nichts sagen sollen. Was, wenn Lisa und Stella herausfinden, welcher Art die Bekanntschaft zwischen seiner Mutter und der Möbelhaus-Tussi ist?

Natürlich wissen sie ohnehin, dass sein Zuhause keins ist, in dem Primarärzte und Aufsichtsratsmitglieder aus und ein gehen. Aber eigentlich wissen sie es auch wiederum nicht, denn sie wissen wenig über ihn und seine Familie, sie sind naiv und nicht interessiert genug, um den Dingen auf den Grund zu gehen. Wenn Lisas Mutter von den ausgebeuteten Massen redet, die unter der Globalisierung leiden, dann spricht sie wie von einer fremden Spezies, und es hört sich an, als wüssten die Massen selber gar nicht, was sie brauchen, sondern nur solche wie Lisas Mutter.

Lisa hat ihn ein- oder zweimal von daheim abgeholt, sie kennt die Wohnung. Aber er hat angedeutet, dass in Izmir alles anders war. Bedeutende Familie, hochangesehen ursprünglich, nur wirtschaftlich heruntergekommen, irgendwie, im Lauf der Zeit.

Auch Jitkas Großmutter redet von dem rumänischen Dorf, in dem sie aufgewachsen ist, ehe sie nach Tschechien heiratete, wie von einem verlorenen Paradies, so, als seien ihre Eltern Herren über riesige Ländereien gewesen. Zum Beweis zeigt sie vergilbte Fotos her, von rundköpfigen, bäuerlichen Menschen in Arbeitskleidung auf Veranden mit hölzernem Geländer. Die Geländer sind mit Schnitzwerk verziert, was hübsch aussieht, aber nichts Herrschaftliches an sich hat.

Jitkas Mutter ist weggezogen, in eine Wohnung, die ihr Freund ihr zahlt. Er hat nichts gegen Jitka und ihre Großmutter, aber er will sie dort nicht sehen. Das muss man akzeptieren, sagt die

Großmutter, schließlich bietet er Jitkas Mutter ein schönes Leben.

Kemal denkt, so etwas würde seine Mutter nie tun. Er erzählt von ihr, scheinbar beiläufig, aber nicht ohne Absicht. Wie ihr die Kinder über alles gehen. Dass sie nie an sich selber denkt. Dass sie darauf geschaut hat, dass seine Schwestern und er etwas lernen, und wie sie sich geplagt hat und immer noch plagt für alle drei. Wenn Familienfeste bevorstehen, kocht sie trotz ihrer vielen Arbeit viele verschiedene Gerichte, vor allem alle seine Lieblingsspeisen.

Jitka sitzt an seine Brust gelehnt und schaut zu ihm auf, als käme er aus einer besseren Welt, was er ja auch tut. Er streichelt ihr kleines, hageres Gesicht, in dem kein Platz ist für schön geschwungene Linien und eindrucksvolle Formen, und fühlt eine wohltuende Zärtlichkeit wie für ein schutzsuchendes Tier.

Sie hat Karten fürs Philharmonische, sagt Stella, ob Lisa nicht mit Kemal hingehen will, nächsten Samstagnachmittag.

Lisa verdreht die Augen.

Sei nicht so undankbar, sagt Stella. Es gibt Menschen, die warten jahrelang auf ein Abo, und du hast eine Großtante, die dir ihre Karten abtritt.

Ja, wenn was auf dem Programm steht, was sie nicht mag.

Na und? Stella wendet sich an ihn. Kemal, sag du was. Du bist doch sicher kein solcher Ignorant wie meine verwöhnte Tochter, oder?

Wie meint sie das? Dass er jede Gelegenheit ergreifen muss, um seinen Horizont zu erweitern, im Gegensatz zu Lisa? Dass er dankbar sein wird, weil er nicht verwöhnt ist?

Warum gehst *du* eigentlich nicht?, fragt er, höflich, als sei ihm darum zu tun, dass sie nicht zu kurz kommt.

Ja, genau, ruft Lisa, warum drückst du dich davor?

Ich wollte euch eine Freude machen, sagt Stella irritiert.

Lisa schneidet Kemal lachend eine Grimasse. Gleich kommt sie uns mit dem abendländischen Bildungsgut, blabla.

Ist es ja auch, sagt Stella. Aber bitte, wenn ihr unbedingt ungebildet bleiben wollt –

Gib schon her, sagt Lisa lachend.

Kemal sagt nichts. Muss er sich bedanken, wenn Stella findet, dass er als Morgenländer ein Stück abendländisches Bildungsgut nötig hat?

Im Konzert sitzt er mit angespannten Muskeln neben Lisa. Er mustert die Zuhörenden neben und vor ihnen und kann sie nicht leiden. Besonders heftig missbilligt er eine Frau, die die Augen geschlossen hat. Lächerlich, sich so in Szene zu setzen.

Dabei gefällt ihm Bruckner, der, so wurde ihm gesagt, Lisas Großtante *zu laut* ist.

Du bist alte Hexe, sagt Kemals Mutter mit funkelnden Augen. Vor ihr steht die Nachbarin, mit der sie das Klo teilen, wieder einmal, und wieder einmal hat sie angeblich Spuren von Pisse auf dem Fußboden gefunden.

Sie steht vor der Wohnungstür, deren Schwelle Kemals Mutter mit in die Hüften gestemmten Händen bewacht.

Du kranke Frau! Gib Ruhe!, zischt die Mutter.

Die Nachbarin jagt ihr keine Furcht ein, sie ist lästig und aufsässig, aber machtlos. Seine Mutter gibt ihr die Verachtung, die sie ihnen entgegenbringt, in vollem Ausmaß zurück.

Kemal ertappt sich dabei, dass ihm die alte Frau, bei aller Abneigung, fast leid tut, weil sie sich so gar keinen Respekt verschaffen kann, nicht einmal bei seiner Mutter, die sich von ihren Arbeitgeberinnen widerspruchslos duzen lässt und ihm beigebracht hat, dass man die Alten mit Ehrerbietung behandeln muss.

Er ärgert sich, dass sich seine Mutter ins Unrecht setzt, obwohl sie im Recht ist.

Er ärgert sich, dass sie so wohnen, wie sie wohnen.

Er ärgert sich, dass die Nachbarin zu ihnen sagen kann, sie hätten dort bleiben sollen, von wo sie hergekommen sind. Wenn sie tatsächlich geblieben wären, von wo sie hergekommen sind, dann müsste er seine Mutter jetzt nicht verteidigen.

Hau ab, alte Hexe!, sagt er und knallt der Nachbarin die Wohnungstür vor der Nase zu.

Dann fährt er zur Parfümerie, wo Jitka gerade eine Schachtel in Geschenkpapier wickelt und ihm zulächelt, als sie ihn erblickt. Nach Geschäftsschluss geht er mit ihr spazieren. Er hat den Arm um sie gelegt, und sie macht sich krumm, um ihren Kopf an seine Schulter zu schmiegen. Er zieht sie enger an sich, sodass sie ihren Hals noch mehr verrenken musss, doch es kommt kein Schmerzenslaut von ihr.

Aber warum?, fragt Lisa. Sie schluchzt, ihre Augen sind ganz rot und verquollen.

Er zuckt die Achseln. Weiß auch nicht. Sowas passiert eben. Tut mir leid. Ich wollte dir nicht weh tun.

Scheiße, stößt Lisa hervor. Red nicht so einen Scheiß. Du redest wie in einem Fernsehfilm.

Was soll ich sonst sagen?, fragt er.

Er hat die Situation in der Hand. Sie nicht. Das ist ein gutes Gefühl.

Sie hockt ihm gegenüber, ihre Schultern fallen nach vorn, wahrscheinlich wartet sie darauf, dass er sie in den Arm nimmt und widerruft, was er verkündet hat.

Er verspürt jedoch nicht das geringste Bedürfnis danach. Stattdessen befriedigt es ihn geradezu, wie klein und angeschlagen sie wirkt. Das erstaunt ihn selber, und außerdem erschreckt es ihn, weshalb er sich dieses Gefühl sofort zu verbieten versucht.

Sie möchte wissen, was schuld ist. Wer schuld ist.

Niemand ist schuld, sagt er sanft.

Er kann nichts dafür. Er hat Jitka nicht vorsätzlich getroffen. Er hat seine Schwester abgeholt eines Abends. Er hat auf sie gewartet, im Geschäft, weil er sie nachher heimbegleiten wollte, um bei ihr und ihrem Mann zu Abend zu essen. Und da war Jitka.

Musik

—

Sie würde gerne musikalisch sein. Sie würde gerne ein Instrument spielen können. Sie hätte gerne eine große Stimme, zumindest eine, die nicht wie ihre vergeblich nach den richtigen Tönen zielt. Wenn sie komponieren könnte, würde sie Musik wie kühn geschwungenes Glas komponieren, im Anrollen erstarrte Wellen, hoch und hell und schneidend. Doch sie kann nur mit Worten arbeiten. Sie muss sitzen, stundenlang, und nach den richtigen Worten suchen und verwerfen, was sie findet, und nie werden ihre Worte an die spektakuläre Dramatik, das sensationelle Pathos der Musik heranreichen, die sie schriebe, wenn sie Musik schreiben könnte. Wenn sie singen könnte, würde ihre treffsichere Stimme sich in grelle Höhen schrauben, unbeirrbar und erbarmungslos. Statt dessen fädelt sie Worte auf und lässt sie wieder fallen und fädelt sie wieder auf.

All die Lebensgeschichten, auf die sie mittlerweile zurückblickt. Männer, die sich umgebracht haben. Kugel in den Kopf und bumm, wegen geschäftlicher Misserfolge oder im Rausch oder aus Feigheit, jedenfalls unfähig, mit irgendeinem Scheitern umzugehen. Frauen, deren Kinder ihnen wie Stachel im Fleisch sitzen. Jahre voll Liebe und Bemühen und dann der Zeitpunkt, an dem sie um das Eingeständnis ihres Misserfolgs nicht mehr herumkommen – dort ein hoffnungsloser Taugenichts von Sohn, da eine feindselige Tochter. Verschwendete Kräfte, vergeudeter Verzicht. All die zerbrochenen Lieben, zerbrochenen Herzen, zerbrochenen Kinder. Zur stillen Resignation geschrumpftes Glück, im besten Fall.

Wenn ich noch einmal anfangen könnte, ich würde alles wieder genauso machen, sagen die meisten, die sie kennt, trotzig, entschlossen, keine negative Bilanz zu ziehen, wozu auch, Jammern würde nichts ändern. Ihre Mutter dagegen war verbittert gewesen im Alter. Alles falsch gemacht, klagte sie oft und oft. Das mochte sie nicht hören. Sei nicht so negativ, sagte sie strafend. Jetzt tut ihr das Unumkehrbare selber weh, sie wünscht sich die Zuversicht ihrer früheren Jahre zurück, in denen sie überzeugt war, dass letztlich alles gut ausgeht, wie im Märchen. Sie weint gar nicht um sich, sie weint wegen all der Geschichten, die nie wieder gut ausgehen werden.

Pless (sie nannte ihn nie anders als bei seinem Nachnamen, das hätte ihr zu denken geben sollen) hat ihr Herz beschädigt, er hat es ihr aus der Brust gerissen und ist darauf herumgetrampelt, achtlos, lieblos, rücksichtslos. Das stand ihm nicht zu, so wichtig war er nicht, nur schön, ein schöner junger Mann, dunkelhaarig und mit romantischen Gesichtszügen, aber weder sonderlich intelligent noch annehmbar gebildet. Was von ihm blieb, war ein Eindruck von Wärme und Nähe, trotz aller Grausamkeit, er war einer der ersten, mit denen sie schlief, und einer der besten. Sein schöner, beweglicher, anschmiegsamer Körper, so lebendig und leidenschaftlich, beim Sex war er nicht egoistisch, bei ihm kam sie auf ihre Kosten.

Er ist auf ihrem Herzen herumgetrampelt, beim ersten Mal, danach hat er ihren Stolz mit Füßen getreten, und als sie zum dritten Mal mit ihm zusammentraf, ging es nicht mehr um Herzen, sondern nur mehr um seinen immer noch schönen, beweglichen Körper, jedenfalls von ihr aus.

Dreimal kreuzte er ihre Wege, viermal, könnte man auch sagen, aber das vierte Mal gilt nicht.

Als sie ihn zum ersten Mal trifft, ist sie eine höhere Tochter in Schottenrock und braver Bluse. Er trägt weiße Dinnerjackets und bewegt sich unter den Reichen und Schönen, als gehöre er dazu. Wir schreiben neunzehnhundertfünfundsechzig, vielleicht auch ein Jahr mehr oder weniger, sie hat sich ein kleines Schwarzes ausgeborgt, denn sie ist zu einem Fest in ein Landhaus eingeladen. Sie hält sich an ihrer Intellektualität fest, die Überzeugung, zu tiefgründig zu sein für diese oberflächliche Gesellschaft, rettet sie vor Schüchternheit. Ihr ausgeborgtes kleines Schwarzes reicht nicht an den Schick der Modeschülerinnen heran, die ebenfalls eingeladen sind. Sie ist das Kind einer armen Witwe, von klein auf hat sie nichts anderes gehört, als dass sie lernen soll. Die Mädchen aus betuchtem Haus, mit denen sie bei Festen wie diesem zusammenprallt, haben keine Ahnung, wie wichtig es ist, auf eigenen Füßen stehen zu können, ihre Ahnungslosigkeit macht sie sorglos und glitzernd. Sie dagegen ist ernst, streng und spöttisch.

Pless sitzt beim Essen neben ihr. Ihr Spott ist an ihn verschwendet, er versteht ihn nicht. Sie zitiert Thomas Mann, er lächelt nachsichtig, erst später wird sie draufkommen, dass er nichts liest außer Illustrierten und allenfalls den einen oder anderen Trivialroman.

Danach tanzen sie zu sentimentalen Schlagern, einer davon heißt *Red Roses for a Blue Lady*. Ein paar Wochen später, als sie auf einem Bahnsteig nach Pless Ausschau hält, läuft ein Mitreisender, mit dem sie während der vielstündigen Fahrt ins Gespräch gekommen ist, zum Blumenkiosk und kehrt mit roten Rosen wieder, die er ihr überreicht. Sie hat den Schlager im Gespräch zu ihrem Lieblingslied erklärt (was ihr noch lange danach peinlich ist). Nun will er sie trösten, weil ihr die Enttäuschung, als sie Pless nirgendwo erspäht, unübersehbar ins Gesicht geschrieben steht. (Wahrscheinlich wäre er zu weitergehenden Tröstungen bereit, aber das beachtet sie nicht, und er ist manierlich genug, sich zu verabschieden, nachdem er es begriffen hat.)

Pless taucht auch nicht verspätet auf, sie fährt mit dem Taxi heim, die roten Rosen des Mitreisenden halten sich erstaunlich frisch und erinnern sie an ihre nicht erfüllte Hoffnung.

In ihrer ernsten, strengen Naivität kapierte sie nicht, dass es nichts zu bedeuten hatte, wenn Pless im weißen Dinnerjacket einen Abend lang nur mit ihr tanzte, trotz eines überwältigenden Angebots an verschwenderischen Mädchen, und dass er kein Versprechen abgab, wenn er ein paar Nächte ihr Bett teilte.

Die Knaben an der Uni schienen ihr glanzlos gegen ihn, Pless war eine exotische Attraktion aus einer schillernden Welt, die sie verachtete und doch viel aufregender fand als ihren Alltag aus Vorlesungen, Prüfungsängsten und Kaffeepausen in der schäbigen Mensa. Wenn sie sich etwas Gutes tun wollte, ging sie in eins der alten Cafés um die Uni herum, der kleine Mokka kostete dort so viel wie ein ganzes Essen in der Mensa, aber die Stille, die Polsterbänke und die Spiegel an den Wänden schenkten ihr das flüchtige Glück des Müßiggangs. Sie suchte in ihrer Geldbörse nach Münzen und verfluchte die graue Kleinlichkeit, in der sie gefangen war.

Pless, der nie studiert, ja nicht einmal maturiert hatte, wie sie später erfuhr, arbeitete in einer Werbeagentur, er bluffte sich durchs Berufsleben, zu dieser Zeit jedenfalls, und bestellte ohne Nachdenken Cocktails an Theken, an denen sie in ihren Schottenröcken wie verirrt aussah.

Sie heulte sich die Augen aus dem Kopf, bis sie bereit war einzusehen, dass sie nicht mehr für ihn gewesen war als eine bizarre Laune.

Zwei Jahre später, als sie ihm wieder begegnet, kann ihr, denkt sie, nichts mehr passieren. Sie ist verliebt (in einen katholischen

Familienvater) und fühlt sich schon deswegen gefeit gegen Versuchungen. Außerdem glaubt sie Pless durchschaut und entzaubert zu haben.

Der Familienstand ihres Lovers stört sie nicht nur nicht, sie nimmt ihn sogar als zusätzliche Attraktion, fühlt sie sich dadurch doch als Mittelpunkt einer aufregend sündhaften Affäre. Außerdem verleihen seine Schuldgefühle ihrer Liebe eine besondere Intensität, er schläft mit ihr nicht einfach nur, weil er sie attraktiv findet, sondern weil ihre Anziehung auf ihn so groß ist, dass er seine moralischen Grundsätze – wenn auch unter seelischen Qualen – über Bord wirft. (Später wird sie draufkommen, dass er regelmäßig Phasen von Schuld und Sühne durchläuft, aber zu diesem Zeitpunkt glaubt sie noch, die einzige zu sein, für die er Abwege beschreitet.)

Sie arbeitet jetzt in derselben Werbeagentur wie Pless und sieht ihn täglich. Ihre Texte machen Furore, sie gilt als kreativ und kompetent, bald ist sie so etwas wie ein Star, agenturintern. Auch Pless wird bewundert, weniger wegen überragender Fähigkeiten, sondern mehr für sein Auftreten, mit dem er überzeugend den Anspruch erhebt, etwas Besonderes zu sein.

Er behandelt sie mit zärtlicher Vertraulichkeit. Sie geht spielerisch darauf ein, es schmeichelt ihr, mit ihm in Verbindung gebracht zu werden. Man tratscht über sie, sie lacht darüber und betont, dass sie einen Freund hat.

Ihr Freund und sie fahren übers Wochenende weg, ins Salzkammergut. Sie gehen Hand in Hand und eng umschlungen (was sie in Wien nie tun). Sie schmiegt sich an ihn, wehmütig. Abends, als sie beim Rotwein sitzen, fällt ihr Blick auf sein melancholisches Gesicht, und sie ertappt sich plötzlich bei heftiger Ungeduld. Von einer Sekunde auf die andere hat sie genug von der Schicksalsschwere, mit der er ihr Verhältnis ständig belastet, von seinem Seufzen und Stöhnen, von der Ausweglosigkeit, die er propagiert.

Sie sagt nichts. Sie will nichts übers Knie brechen. Sie möchte weiterhin im Besitz einer *großen Liebe* bleiben, deswegen will sie ihre Gefühle für ihn beibehalten.

Wär ich dir nur früher begegnet, seufzt er, ihre Hand streichelnd, und sie nickt und senkt den Kopf wie traurig, dabei fällt ihr ein, dass sie Pless versprochen hat, einen Zaunerstollen mitzubringen.

Sie fängt an, wieder mit Pless zu schlafen. Pless ist ein artistischer Liebhaber, bei dem die Akrobatik nie zum Selbstzweck wird. Er hat eine natürliche sexuelle Begabung, alles, was er tut, ist unangestrengt und selbstverständlich. Ihr katholischer Freund müht sich befangen. Hier Liebe, dort Lust, sie gratuliert sich dazu, wie einer den anderen ergänzt.

In der Agentur tratscht man nicht mehr über Pless und sie, längst ist man zu dem Schluss gekommen, dass es ihr nicht gelingen wird, ihn *einzufangen*. Unter beruflichen Gesichtspunkten gilt sie vielleicht mehr als er, aber er ist der Paradiesvogel, von dem alle Beachtung wollen. Das stachelt ihren Ehrgeiz an.

Ihr Freund kriegt das Angebot, für seine Firma nach New York zu gehen, es auszuschlagen wäre Mord an seiner Karriere. Sie sieht das ein, er scheint irritiert, weil sie nicht protestiert. Bei ihrem Abschiedsessen ist sie heiter und gelassen, was er für tapfere Maskerade hält. Du musst mich bald besuchen, sagt er. Sie stimmt zu, die Vorstellung, nunmehr eine transatlantische Liebesaffäre zu haben, gefällt ihr.

Sie findet keinen freien Termin, um tatsächlich nach New York zu fliegen. Er schreibt Vorschläge und ruft sie an, schließlich bittet sie ihn, ihr Zeit zu lassen, sie werde sich schon melden, sobald es sich ausgehe. Bald ist er auch in ihren Gedanken in weite Ferne gerückt.

Pless dagegen ist ihr nah, zumindest physisch. Sie fühlt sich stark und unbesiegbar, ihre Schottenröcke hat sie längst abgelegt, souverän begegnet sie, wie sie findet, Pless auf derselben erwachsenen Ebene, das Unverbindliche an ihrem Verhältnis deckt sich, so sagt sie sich, mit dem Zeitgeist, der gerade anfängt, *Zusammenglucken* als spießiges Besitzdenken zu verurteilen.

Dennoch ertappt sie sich bei kleinen, kurzen Tagträumen, in denen Pless und sie offiziell als Paar auftreten. Sie malt sich aus, wie sie bei ihm einzieht und in seiner Wohnung schaltet und waltet, und wie die Kollegen staunen, wenn sie auf ein Glas Wein vorbeikommen und sie als Hausfrau dort vorfinden. Ein gemeinsamer Haushalt erscheint ihr als Manifestation der Zusammengehörigkeit, für die sie sogar zusätzliche Hausarbeit in Kauf nehmen würde, jedenfalls stellt sie sich das vor.

Dabei entspricht Pless ihrem ursprünglichen Anforderungsprofil keineswegs. Passende Lebenspartner sind in ihren Augen junge Akademiker aus bürgerlichen Familien, deren Eltern ein Abonnement fürs Philharmonische haben. Mit ihnen zieht man in Altbauetagen ein, wo es Flügeltüren, Parkettböden und Stuckdecken gibt. Pless dagegen ist wie sie das Kind einer bescheidenen Witwe (sein Vater ist im Krieg gefallen), von akademischer Bildung kann bei ihm nicht die Rede sein, und sein Lebensstil beruht im Wesentlichen auf Bluff. Er trägt teure Anzüge und gibt viel Geld in Lokalen aus, aber seine spärlich möblierte Neubauwohnung ist mehr eine Absteige als ein Zuhause.

Trotzdem. Ihr angestachelter Ehrgeiz verlangt nach Bestätigung. Sie will seinen warmen, biegsamen Körper besitzen, wenn sie schon nicht zu seiner Seele vordringt.

Dann geht sie zum Sommerfest der Agentur, und dort! Dort steht Pless mit seiner *neuen Freundin* – Überraschung, da staunt ihr, was?

Sie starrt auf Pless an der Seite einer Frau mit seidigem Haar, und es ist ihr, als würde sie öffentlich geohrfeigt.

Wie ein Blitzschlag, sagt Pless gerade lachend, sie haben einander vor drei Tagen auf einer Party getroffen und sich seitdem nicht mehr getrennt. Sie komme aus München, erzählt Pless' Neue, und habe hier bloß Freunde besuchen wollen, aber nun werde sie wohl bleiben müssen.

Sie verlässt das Sommerfest und stöckelt steif hinaus zu ihrem Auto, in dem sie zu weinen beginnt. Ihr Weggang bleibt nicht unbemerkt. Nacheinander kommen Kollegen vorbei, setzen sich zu ihr und halten sie im Arm, während sie weiterhin Rotz und Wasser plärrt. Sie ist beliebt. Man fühlt mit ihr, einerseits. Aber was hat sie erwartet? Sie hat doch gewusst, wie Pless ist. Und er hat ihr nie etwas vorgespielt.

Sie denkt sich, das wird sie Pless nie verzeihen, dass er sie zum allseits bedauerten Aschenbrödel gemacht hat. Dabei hätte sie nur wegfahren müssen, statt auf dem Parkplatz der Agentur in ihrem Auto sitzen zu bleiben, in dem unsinnigen Bestreben, Pless herbeizuweinen, das Geschehene wegzuwaschen, die Herausgabe von Pless' tröstlichem Körper zu erzwingen. Trotzdem. Pless ist schuld, schuld, schuld.

Sie liebt: die Tragische von Mahler, Schuberts Unvollendete, die G-moll-Symphonie von Mozart – von Mendelssohn-Bartholdy allerdings nicht die Schottische, sondern die Italienische. Sie hat auch ein Talent fürs Heitere, oh ja.

Pless ruft sie an. Lange nichts von dir gehört. Gehst du mit mir essen?

Warum?, fragt sie, wenig freundlich. Sie ist im Stress und hat keine Zeit, sich dem Smalltalk mit einem hinzugeben, den sie unter Jugendsünden abgelegt hat.

Nur so. Hab gehört, du bist wieder Single.

Ja, und?

Wer ist der Trottel, der dich ziehen lässt?

Gute Eröffnung. Sie staunt bei sich darüber, denn sie hätte Pless so viel Instinkt nie zugetraut.

Sie ist jetzt Textchefin bei einem angesehenen Magazin. Die Siebzigerjahre sind zur Hälfte vorüber, sie hat eine kurze Ehe hinter sich und eine politische Vergangenheit, in der sie aufgeräumt hat mit ihren bourgeoisen Sehnsüchten und ihrem Hang zur halbseidenen Schickeria. Sie ist kapitalismuskritisch und feministisch, sie hört die Stones und Bob Dylan, und sie hat die Schande ihrer unpolitisch zugebrachten Jahre, in denen sie sich von Dinnerjacketts blenden ließ, abgedrängt und weggesperrt in verleugnete Kammern ihrer Erinnerung. So war sie nie. Das war nicht sie.

Pless trifft den richtigen Ton ihrer Selbsttäuschung, er tut wie sie so, als wäre sie nie verschmäht worden. Sie ist eine, die man ziehen lassen muss, weil man sie nicht aufhalten kann, wenn sie genug hat, und gleichzeitig ist man ein Trottel, wenn man es so weit kommen lässt, dass sie genug hat. Diese Beschreibung von ihr scheint ihr angemessen und akzeptabel.

Sie verabredet sich mit Pless in einem der Cafés, die sie inzwischen frequentiert, alles verqualmte Lokale mit schäbigem Mobiliar, wo der Verzicht auf polierte Unversehrtheit ideologisches Programm ist. Sie trägt einen langen Rock mit Volants zu weichen Stiefeln, ihre Haare sind in der Mitte gescheitelt und fallen glatt auf ihre Schultern, und in ihrer riesigen Tasche, die ihr an einem viel zu langen Riemen über der Schulter hängt, steckt ein Päckchen filterloser Zigaretten.

Er – im förmlichen Blazer über grauen Flanellhosen – erhebt sich, als sie kommt und überreicht ihr eine rote Rose.

Am liebsten würde sie in den Erdboden sinken.

Sie blickt aus den Augenwinkeln um sich und hofft inständig, dass niemand sie beobachtet, als sie die Rose mit einem kleinen, ironischen Auflachen entgegennimmt, aber zugleich ist sie überzeugt, dass sämtliche Anwesenden nichts anderes tun, als sich innerlich zu krümmen vor Gespött über sie und ihren Rosenkavalier.

Du hast dich nicht verändert, sagt sie. Er begreift nicht, dass das eine Kritik ist, und erwidert galant, auch sie sehe um keinen Tag älter aus.

Sie nimmt ihm gegenüber Platz wie auf einem Nagelbrett. Sie schaut ihm ins Gesicht und schämt sich dafür, dass es ihr einmal so viel bedeutet hat. Ein schönes, leeres Gesicht. Mit schmerzlicher Wehmut denkt sie an ihren Exmann. Er war düster, zerstörerisch, scharfsinnig und herausfordernd. Sie ist froh, seiner tyrannischen Dominanz entronnen zu sein, nur in diesem Moment, als sie in Pless' selbstgefälligem Gesicht das Abbild ihrer eigenen Dummheit erblickt, sehnt sie sich zurück zu ihm, in eine Vergangenheit, die um Klassen über der mit Pless steht.

Pless ruft sie von nun an regelmäßig an. Er holt sie von der Redaktion ab und schleppt sie mit zu Abendessen bei Freunden und Geschäftspartnern (er hat inzwischen seine eigene kleine Public-Relations-Agentur). Er massiert ihre verspannten Schultern. Am Wochenende kreuzt er bei ihr auf und kocht für sie in ihrer kleinen, schlecht ausgestatteten Küche, er brät Steaks, rührt Saucen an und macht Salate. Pless, stellt sich heraus, ist ein passabler Koch. Ob er das immer schon war oder erst kürzlich wurde, kommt nicht zur Sprache, vielleicht deshalb, weil es sie nicht interessiert.

Nach dem Essen lungern sie vor dem Fernseher herum wie ein altes Ehepaar. Sie fühlt sich unbehaglich, die falsche Idylle verdrängt das Leben, das sie wirklich führen müsste. Wenn sie daran denkt, wie sehr sie sich einmal gewünscht hat, Pless handzahm neben sich zu haben, empfindet sie keine Genugtuung. Zu spät. Nun will sie nur noch nichts verpassen, während sie sich mit ihm abgibt, deshalb sollte sie sich gar nicht mit ihm abgeben.

Sie sind eingeladen, bei alten Freunden aus gemeinsamen Agenturtagen, und Pless sagt plötzlich lachend: Ich seh es schon kommen, eines Tages werden wir heiraten, das wird mir nicht erspart bleiben.

Sie zuckt zusammen. Sicher nicht, sagt sie hastig. Die anderen lachen, niemand nimmt ihre Abwehr ernst. Pless schaut drein, als hätte er ihr ein Geschenk gemacht.

Sie schlafen längst wieder miteinander, manchmal schläft sie auch mit anderen, so wie Pless ebenfalls mit anderen schläft. Sie glaubt an die befreite Sexualität und an gleiches Recht für alle. Aids ist noch kein Thema.

Heute staunt sie gelegentlich, welches Glück sie hatte, einer Generation anzugehören, die zwei Jahrzehnte unbeschwertes Sexualleben genießen durfte, diese sorglose Spanne, in der es die Pille schon gab, aber noch keine furchterregenden, strafenden Krankheiten, die Syphilis kein Todesurteil mehr und das HI-Virus noch nicht seuchenartig unterwegs.

Das heißt, sie denkt, dass sich gleiches Recht für alle von selbst versteht. Eines Tages jedoch, als sie auf Pless' Frage nach ihren Urlaubsplänen antwortet, ein Hamburger Freund habe sie aufgefordert, mit ihm an die Nordsee zu fahren, rückt er von ihr ab und wirft ihr einen fassungslosen Blick zu. Du hast einen Freund in Hamburg?

Na ja, Freund ist vielleicht zu viel gesagt.

Aber du fährst mit ihm auf Urlaub?

Vielleicht. Wahrscheinlich. Warum nicht?

Der Witz ist, sie hat den Hamburger Freund in diesem Augenblick erfunden, weil sie nicht zugeben mochte, dass sie noch nicht weiß, mit wem sie auf Urlaub fahren wird.

Aber nun, da Pless ihn für real nimmt und ein Tribunal veranstaltet, kann sie nicht mehr zurück und muss bei ihrer Behauptung bleiben.

Was ist, bist du auf einmal eifersüchtig, ausgerechnet du?

Würdevoll erwidert er, nicht seinetwegen mache er ihr Vorwürfe, sondern wegen ihres sicherlich ahnungslosen Hamburger Freundes, den sie mit ihm hintergehe.

Sie tippt sich an die Stirn.

In dieser Nacht schläft er nicht mit ihr, und in der darauffolgenden schafft er nur einen lahmen Versuch, bei dem er schlapp macht. Danach haben sie nie wieder Sex miteinander.

Sie sähe sich gern auf einer Bühne stehen. Wenn sie singen könnte, stünde sie auf einer Bühne, schmal und hochgeschlossen und unnahbar, aus sicherer Distanz könnte sie urteilen, ihre Urteile wären wild und böse und hart und leidenschaftlich, sie müsste nicht *sie* sein auf einer Bühne, das würde ihr Luft verschaffen, so viel Atem, wie sie brauchte, um mit einer gewaltigen Stimme zu singen.

Das vierte Mal gilt nicht, das vierte Mal ist bloß ein zufälliges Zusammentreffen in der Innenstadt, an einem Samstagvormittag, vor den Stehtischen eines der Lokale, wo man immer noch und schon wieder gesehen werden muss, wenn man zu Pless' Welt gehört.

Pless schließt sie in die Arme und küsst sie auf die Wangen. Wie geht's dir? Ich hab gehört, du hast wieder geheiratet?

Sie nickt. Und dir?

Oh, bestens. Alles paletti.

Er setzt ein überzeugendes Lächeln auf. So viel sie weiß, steht seine Agentur vor dem Konkurs.

Mit einer großzügigen Geste wischt er durch die Luft. Ich trenne mich von meinem Laden. Wie du weißt, war ich nie ein Geschäftsmann.

Hast du – einen Käufer?

Ja, sicher. Jede Menge Interessenten. Freu mich schon darauf, endlich wieder was Kreatives machen zu können.

Was hast du vor?

Jede Menge Pläne. Muss mich erst entscheiden. Und dir geht's wirklich gut? Wir könnten einmal zusammen essen gehen. Zu viert. Du kannst ja deinen Mann mitnehmen.

Sie kennt seine aktuelle Freundin, eine begabte junge Fotografin, die nach ihrer Meinung genauso wenig zu Pless passt wie sie selber je zu ihm gepasst hat.

Ja, ist gut, das machen wir einmal, antwortet sie ohne große Begeisterung. Sie will Pless nicht mit ihrem Mann zusammenbringen. Ihr Mann kann sehr hochmütig sein, er wird sich Pless anschauen, ihn als intellektuelles Leichtgewicht kategorisieren und sein verächtliches Urteil wird auf sie zurückfallen.

Was ist mit nächstem Sonntag?

Sie schüttelt den Kopf und zwingt sich zu einem bedauernden Gesichtsausdruck. Geht nicht, wir haben schon was vor.

Sie haben nichts vor, aber sie will Pless nicht an einem Tisch mit ihrem Mann sehen, definitiv nicht, Pless ist eine Altlast, die nicht in ihr gegenwärtiges Leben gehört, wieder einmal hat sie die unliebsamen Teile ihrer Vergangenheit ausradiert.

Dann ruf mich an, sagt Pless, wenn ihr Zeit habt. Ich möchte deinen Mann kennenlernen, ehrlich.

Warum?

Ich muss doch wissen, ob du auch wirklich glücklich bist.

Sie schüttelt sich, als sie weitergeht. Was für eine Anmaßung.

Und danach, keine zehn Tage später, geht Pless her und schießt sich eine Kugel in den Kopf, weil einer wie er nicht weiterleben kann, wenn er sowas Läppisches in den Sand gesetzt hat wie eine kleine Public-Relations-Agentur.

Ein kurzer Knall und aus – jedenfalls hofft sie für ihn, dass es gleich aus war –, so wirft er sich einfach weg für einen melodramatischen Effekt, dumm, dumm, dumm.

Bei seinem Begräbnis seine Mutter, eine plumpe, grauhaarige Frau mit verschwollenem Gesicht. Pless hat sie nie hergezeigt, nun steht sie da und kennt niemanden.

Sie selber stellt sich in die letzte Reihe der Trauergäste. Was sie spürt, ist Wut. Sie ist wütend, weil Pless sich gewaltsam in ihren Erinnerungen verankert hat. Es ist, als ob er jemand Bedeutsames gewesen wäre, und dabei war er doch nur ein periodisch aufgetretener Irrtum.

Plötzlich

Mit sechsunddreißig wurde Margret obdachlos. So nannte sie es bei sich. Die Erkenntnis kam ihr plötzlich, an einem frühen Samstagabend vor der Kasse eines Innenstadtkinos. Sie spürte sie wie einen Schlag vor die Brust.

Am Nachmittag desselben Tages hatten sie und ihr Mann ihre endgültige Trennung besprochen. Sie redeten ruhig darüber, fast freundschaftlich. Ihr Mann, der seit einiger Zeit aus beruflichen Gründen im Ausland lebte – wohin Margret ihm ursprünglich gefolgt war, um dann zu merken, dass sie nicht bleiben wollte –, war zu Besuch gekommen. Margret hatte Erleichterung empfunden bei der Vorstellung, dass bald ein Schlussstrich gezogen und Klarheit geschaffen wäre.

Ihre Liebe war gestorben. Der Todeskampf war hässlich gewesen, er ließ Erschöpfung und Kälte zurück. Ein Neubeginn stand nicht zur Debatte.

Nachdem sie sachlich die organisatorischen Notwendigkeiten durchgegangen waren – Güteraufteilung, die Unterhaltsregelung für das gemeinsame Kind –, war Margret beschwingt in die Stadt gefahren, um sich einen Film anzuschauen. Ihr Mann war beim Kind geblieben. Sie genoss das Gefühl, frei zu sein. Seit das Kind auf der Welt war, hatte sie nur noch selten ein paar Stunden für sich selber.

Die Stadt war still und leer, es nieselte und ein kühler Wind hielt die Menschen von der Straße fern. Die Geschäfte blieben damals am Wochenende noch geschlossen, ein Grund mehr, dass fast niemand unterwegs war.

Auch das Kino war schlecht besucht, der Film, den Margret nicht versäumen wollte, lockte nur wenige Besucher an. Trotzdem hatte sich vor der Kassa eine kleine Schlange gebildet, weil ein Mann die Kassierin umständlich nach der Anordnung der Sitzplätze ausfragte, obwohl vor seiner Nase ein Plan des Zuschauersaales hing.

Margret wartete hinter einem jungen Paar, das zärtlich die Köpfe zusammensteckte, und blickte mit gelassenem Amüsement auf die beiden Verliebten, als ihr Hirn sie plötzlich mit der Mitteilung überfiel, dass sie ab jetzt wieder allein sein würde in der Welt. Diese schmerzhafte Wahrheit raubte ihr dem Atem.

Sie hatte, ehe sie ihren Mann traf, viele Jahre in kurzen, wechselnden Beziehungen gelebt, manche schenkten ihr glückliche Augenblicke, in anderen überwogen Schmerz und Enttäuschung, aber immer war sie dabei innerlich separiert geblieben. Sie liebte, wie sie glaubte, ihr autonomes Leben, trotzdem hatte sie regelmäßig bedrückende Träume, in denen sie umherirrte, auf der Suche nach einem Menschen, den sie nicht benennen und nicht beschreiben konnte, von dem sie aber wusste, dass sie ihn verloren hatte. Aus solchen Träumen wachte sie schluchzend auf.

Als ihr Mann in ihr Leben trat, blieben die Träume weg. Auch als der Groll auf ihn ihre Zuneigung bereits überwog, lebte sie noch immer im Gefühl, gut aufgehoben zu sein. Sie hatte es nicht auf ihren Mann zurückgeführt, weil sie gar nicht mehr darüber nachdachte, woher es kam.

Und nun auf einmal die Gewissheit, dass es damit vorbei war. Zurück an den Start, nein, hinter den Start, wer wusste, ob sie jemals wieder neu anfangen konnte. *Was* anfangen konnte?

Rückkehr in vergessene Zeiten. Sonntage ohne einen selbstverständlichen Bündnispartner gegen lähmende Stille und lärmenden Frohsinn. Mühsam zu beschaffende Geselligkeit.

Ihr Mann und sie waren nicht unentwegt zusammengesteckt, vieles unternahm sie gerne ohne ihn, er teilte nicht alle ihre Vorlieben, und außerdem bestand sie darauf, Vorlieben zu haben, die nur ihr gehörten.

Aber ab jetzt würde alles anders sein. Ihr graute bei dem Gedanken an erste Dates. Treffen mit Fremden in fremder Umgebung. Sich vortasten, Fragen stellen, Antworten abwägen, kleine Testballons steigen lassen, witzig sein müssen, interessant sein sollen. Ein mühsamer, zeitraubender Weg, und immer mit dem Risiko der Vergeblichkeit hinter jeder Biegung.

Mit dem Kind würde sie weder die Kraft noch die Zeit für solche Rituale aufbringen. Wahrscheinlich wäre sie auch ohne Kind zu schwach, zu traurig, zu mutlos, aber mit dem Kind wird sie es schon gar nicht schaffen.

Natürlich könnte sie versuchen, sich auf ein Leben ohne erwachsenen Partner einzustellen, Zweisamkeit als Zweisamkeit mit dem Kind definieren und basta. Aber Zweisamkeit mit einem Kind war Einsamkeit, über weite Strecken einsamere Einsamkeit, als wenn man allein lebte, so viel wusste sie schon. Mit sich allein zu sein hieß, in einen inneren Dialog mit sich treten zu können. Mit einem Kind allein zu sein hieß Verzicht auf geistige und seelische Autonomie. Das Kind duldete keinen Rückzug der Mutter in Gedankenlabyrinthe, in denen es nicht vorkam. Es verwehrte ihr den Dialog mit sich selbst, ohne ihr einen adäquaten Ersatz anzubieten. Dialoge mit dem Kind orientierten sich an den Bedürfnissen des Kindes und an seinen – bescheidenen – intellektuellen Fähigkeiten. Margrets Bedürfnisse blieben dabei weitgehend auf der Strecke.

Nie hatte sie ein Kind allein aufziehen wollen. Zum Großziehen eines Kindes bedurfte es, fand Margret, mehr als einer erwachsenen Person. Zwei Erwachsene, die zusammen ein Kind aufzogen, konnten einander den Rücken stärken. Gestärkt waren sie imstande, dem Kind die Liebe und Aufmerksamkeit zu geben, die es benötigte. Geschwächt und frustriert hingegen empfand man die kindliche Forderung nach ständiger Zuwendung leicht als zermürbende Vierundzwanzig-Stunden-Fron. Zweisamkeit mit einem Kind *gab* einem keinen Rückhalt, sondern man musste, im Gegenteil, einseitig Rückhalt *sein*, was sich als schwierig erwies, wenn man vom Umfallen bedroht war.

Es würde nicht genügen, sich Ritualen zu unterziehen, die mit etwas Glück ein wenig Wärme oder Leidenschaft einbrachten, denn im Vordergrund aller Bemühungen würde das Kind stehen müssen und die Frage, was ihm nützte. Sofern ihm neue Männer in Margrets Leben nicht grundsätzlich schadeten (was es zu überdenken galt), würde jeder neue Mann unter dem Gesichtspunkt zu prüfen sein, ob er auch dem Kind gut tat.

Am Ende wäre sie verpflichtet, dem Kind einen Ersatzvater zu verschaffen. Sein leiblicher Vater ging demnächst ins Ausland zurück, von ihm war nichts zu erhoffen. Eine unlösbare Aufgabe. Wenn sie es schon nicht fertiggebracht hatte, dem Kind die Aufmerksamkeit des leiblichen Vaters zu sichern, woher würde sie dann einen Stiefvater nehmen, der sich garantiert nicht als Machthaber, Rivale oder Pädophiler entpuppte?

Margret saß im dunklen Zuschauerraum des Kinos wie in einer Falle, von panischen Fluchtgedanken gehindert, dem Film zu folgen. Nachher ging sie mit zittrigen Knien hinaus und zur nächsten Telefonzelle, aus der sie bei sich daheim anrief. Während sie darauf wartete, dass ihr Mann abhob, überwältigten sie Zuneigung und Zärtlichkeit für ihn, auf einmal wusste sie nicht mehr, was sie bewogen hatte, ihn als Feind zu betrachten, dessen Rückzug ihr eine Erleichterung war.

Es erschien ihr nur logisch, die Trennung zum Irrtum zu erklären. Wir lieben uns doch, würde sie ihm sagen, lass uns den ganzen Unsinn vergessen, der uns auseinandergebracht hat, nichts als kleinliches Hickhack, daran dürfen wir nicht scheitern.

Als er sich meldete, klang er gleichgültig und abweisend. Wird Zeit, dass du kommst, sagte er, ich hab schließlich noch was anderes vor, als hier herumzusitzen. Im Hintergrund hörte sie das

Kind weinen, bestimmt war er wieder schroff und ungeduldig mit ihm gewesen.

Im scharfen Wind überquerte Margret den Ring, um zu ihrem hinter der Akademie geparkten Auto zu kommen. Sie ging schnell, den Zündschlüssel gezückt, die Haare peitschten ihr in die Augen, bis sie tränten. Während sie auf ihr Auto zuhastete, wusste sie, was sie in Zukunft sein würde: eine Frau, die sich gefälligst beeilen sollte, um ihren Platz an der Seite ihres Kindes einzunehmen, das sich sonst in Gefahr befand.

Margret sitzt im Garten eines Einfamilienhauses, in dem ihr Kind mit anderen Kindern spielt. Den Eltern der anderen Kinder gehört das Einfamilienhaus. Es ist Freitag, später Nachmittag, Margret ist nach Dienstschluss mit dem Kind direkt hierher gefahren. Die Gastgeberin, eine Frau, die sie ihre Freundin nennt, hat Limonade vorbereitet und einen Dinkelkuchen gebacken. Margrets Kind isst keinen Dinkelkuchen.

Heidi, die Gastgeberin, ist eine füllige Braunhaarige in Ethno-Kleidung aus giftfreien Naturfasern, die ihre bedrohlich sanfte Stimme nie erhebt. Sie spielt Gitarre und singt mit den Kindern Kinderlieder dazu. In ihrem Haus gibt es kein Plastikspielzeug. Als Margret den Kindern einmal Kuchen vorsetzte, der beim Backen an den Rändern ein bisschen dunkel geworden war, nahm sie die Teller ihrer beiden an sich, brach den dunklen Rand großzügig weg, bis vom Kuchen fast nichts mehr übrig war, und sagte, auf das Braune zeigend: Das dürft ihr nicht essen, davon bekommt ihr Krebs.

Heidi lehnt es ab, sich die Achselhaare oder die Haare an den Beinen wegzurasieren wie Margret. Sie therapiert ihre Genitalien mit Joghurt. Sie zieht Küchenkräuter in Töpfen.

Heidis Mann, der gleich heimkommen wird, behandelt Margret mit ausgesuchter Unfreundlichkeit, er hält Margret für eine Lesbe, die hinter seiner Frau her ist.

Margret sitzt dennoch dickfellig hier, sie ist müde und findet es angenehm, dass Heidis Kinder ihr die Unterhaltung ihres Kindes abnehmen.

Gib mir noch ein Glas Limonade aus glücklichen Zitronen, sagt sie zu Heidi.

Margret ist jetzt einundvierzig und hat seit zwei Jahren keinen Sex mehr gehabt. Die Mánnner, mit denen sie zusammenkommt, sind Männer von Klientinnen (Margret arbeitet in einer Frauenberatungsstelle), Männer von Nachbarinnen, Männer von Freundinnen wie Heidi oder Handwerker, die etwas in ihrer Wohnung reparieren. Sie nehmen Margret wahr als Wohnungsinhaberin mit Kind, als Mutter eines Kindes, mit dem ihre Kinder Umgang haben, als eine der vielen Mütter in der Nachbarschaft, als Verbündete ihrer Frauen, manchmal auch als eine, die ihre Frauen gegen sie – oder überhaupt Frauen gegen Männer – *aufhetzt*.

Margret sehnt sich nicht nach leidenschaftlichem Sex. Sie sehnt sich nach genügend Schlaf und selbstverständlicher Häuslichkeit. Sie möchte sich zurücklehnen und auf jemanden verlassen können. Sie hätte gern einen an ihrer Seite, der ihr das Einkaufen abnimmt oder den Anruf beim Elektriker oder die Teilnahme an der Mieterversammlung, einen, der mit ihr zum Elternabend in die Schule geht und abends mit ihr vor dem Fernseher sitzt. Statt dessen muss sie sich, wenn im Fernsehen etwas läuft, was sie gern mit einer anderen Person besprechen würde, ans Telefon hängen und eine Freundin anrufen, und wenn sie dann am Telefon hängt, kommt das Kind herein, das nicht schlafen kann, und sie muss das Telefongespräch abbrechen, und wenn das Kind endlich schläft, ist es zu spät, um noch jemanden anzurufen.

Margret ist ausgelaugt, sie schleppt ihren Körper herum wie etwas Ungeliebtes, für leidenschaftlichen Sex müsste sie ihn mögen und pflegen, sie müsste vor dem Spiegel stehen und sich das Begehren in den Augen eines Mannes vorstellen können, der ihren Körper betrachtet. Aber sobald das Kind aus dem Nebenzimmer nach ihr ruft, erlischt die Vorstellung von jeglichem Begehren schlagartig. Margrets Körper ist jetzt ein Mutterkörper, zweckmäßig und dienstleistend.

Wieso pflanzt du keine Küchenkräuter?, fragt Heidi, entsetzt. Das Entsetzen ist wohl kalkuliert, inzwischen ist ihr Mann da, der merken soll, was er an ihr hat.

Margret unterlässt es, darauf hinzuweisen, dass sie die Zeit, die Heidi für ihre Küchenkräuter aufwendet, im Büro absitzt, obwohl Heidi und ihr Mann genau das hören wollen. Sobald Margret sagt, dass sie sich mühsam allein durchs Leben schlagen muss, wissen Heidi und ihr Mann ihr Glück zu zweit so richtig zu schätzen.

In Abwesenheit ihres Mannes klagt Heidi allerdings über ihn, er ist angeblich diktatorisch und fantasielos, er verfolgt sie mit Eifersucht, sie sucht nach Ausreden, um nicht mit ihm schlafen zu müssen.

Margret fühlt sich seit Längerem unsichtbar, sie begegnet den Männern ihrer Nachbarinnen und hat den Eindruck, dass die nicht einmal ihren Namen wissen. (Erst später wird sich Margret anerkennender Blicke entsinnen und in Betracht ziehen, dass das eine oder andere Kompliment ein Kompliment für sie war und nicht nur höfliche Geste einer Person gegenüber, von der die eigene Frau sagt, dass man nett zu ihr sein sollte.)

Margret denkt, dass erloschenes Begehren sie zudeckt wie Asche, unter der sich ihre Konturen höchstens erahnen lassen, geschlechtslos und uninteressant.

Sie müssen die Armaturen regelmäßig entkalken, sagt der Installateur tadelnd zu ihr, und die Abflüsse reinigen, ich mach das bei mir daheim alle vier Wochen.

Er sagt nicht, meine Frau macht das, denn er spricht von den Aufgaben des Mannes im Haushalt, er redet mit Margret von Mann zu Mann.

Margret schleppt Möbel und bohrt Löcher in die Wand, sie bäckt Kuchen und näht Säume hoch, ihr Männerkörper und ihr Mutterkörper sind unentwegt im Einsatz und leisten dennoch nie genug, wo sollte Margaret noch einen Körper hernehmen, der Lust empfindet und sich räkelt und sich selber genießt?

Im Jahr nach Margrets Scheidung explodierte der Atomreaktor von Tschernobyl. Margret fuhr kreuz und quer durchs Land, viele Kilometer, um unverseuchte Milch für das Kind aufzutreiben, Milch von Kühen, die Silofutter bekamen, sie wusch und putzte an gegen den radioaktiven Staub, der von draußen in die Wohnung drang, und sie war besorgt, weil das Kind von der Natur ferngehalten werden musste und Dosengemüse essen sollte statt radioaktiv *belastetem* frischem.

Ihr Ex-Mann machte gerade Urlaub in der Karibik, Margrets Hilferufe stießen bei ihm auf taube Ohren. Wie sie sich das vorstelle, das Kind abholen und für eine Weile mitnehmen in *ungefährliche* Gebiete? Was sei das überhaupt für eine Hysterie, könne sie die Kirche nicht im Dorf lassen, andere Eltern schickten ihre Kinder schließlich auch nicht über den Ozean, also wirklich.

Heidis Kinder werfen sich ihrem Vater an die Brust, er herzt und küsst sie, er mag ein unerfreulicher Ehemann sein, vielleicht auch ein lausiger Liebhaber, aber als Vater ist er zärtlich und engagiert.

Margret streckt ihren Arm nach ihrem Kind aus, das aus schmalen Augen zusieht, aber ihr Kind stößt ihren Arm weg und wirft dabei den Krug mit der Limonade um.

Heidis Mann schüttelt den Kopf. Ein echtes Bewegungstalent, sagt er, mit dem Kinn auf Margrets Kind weisend, und schnaubt spöttisch.

Margret steht im Badezimmer und macht sich zum Ausgehen bereit. Sie hat einen Mann kennengelernt, nein, eigentlich wiedergetroffen, der sie interessiert. Helmut hat mit ihr studiert, jetzt ist er Personalchef eines großen Konzerns. Er sieht besser aus als früher, gewichtiger in jeder Hinsicht. Das gefällt ihr, sie mag keine schmächtigen Männer, zumindest nicht in ihrem Bett.

Sie war ein wenig betrunken, als er überraschend vor ihr stand, was ihr half, auf seine Avancen einzugehen.

Ihr Kind steckt jetzt mitten in der Pubertät, jeder Tag ist eine Abfolge von Feindseligkeiten, Kämpfen, Verzweiflungsausbrüchen und tränenreichen Versöhnungen. Unentwegt vergeht ihr das Lachen. Verbissen pflügt sie sich durch ihre Pflichten. Das Kind verwendet einen Großteil seiner Kraft darauf, Margret unterwerfen zu wollen, während Margret an mehreren Fronten Abwehrarbeit leisten muss. Meistens ist sie gereizt, verdrossen und verzagt. Sie hat verlernt, sich Menschen – Männern schon gar – spielerisch zu nähern.

Helmut traf sie auf einem Rathausempfang. Margret war dort als Vertreterin ihrer Dienststelle, die vom Rathaus subventioniert wird, und Helmut war dort, weil wichtige Männer zu allen möglichen Empfängen gehen.

Sie wollte gar nicht hin. Als sie die vielen Leute sah, hätte sie am liebsten kehrtgemacht, so wenig fühlte sie sich in der Lage, zu lächeln, zu grüßen und beliebige Sätze auszutauschen. Aus Ratlosigkeit trank sie mehrere Gläser Sekt. Danach fiel es ihr leichter, herumzuschlendern und Floskeln um sich zu streuen. Als sie Helmut begegnete, war sie bereits in Fahrt und nahm seinen plänkelnden Ton auf. Herausfordernd warf sie den Kopf in den Nacken. Auf einmal fand sie sich in einer Ecke mit ihm, er schloss seine Hand um ihre, die das Sektglaslas hielt, und ihre Knie gaben wohlig nach.

Nun trägt sie Puderrouge auf ihre Wangen auf und umrandet ihre Augen mit Kajal.

Heute vormittag war sie voll Erwartung. Dann rief das Kind bei ihr an, um ihr mitzuteilen, dass es auch die letzte Matheschularbeit in diesem Jahr verhaut habe und deshalb in drei Gegenständen *gefährdet* sei.

Jetzt taucht es in der Tür zum Badezimmer auf. Ist nichts zu essen da?, fragt es missmutig.

Der Kühlschrank ist voll, erwidert Margret.

Das Kind verzieht das Gesicht. Wieso gibt es bei uns immer nur kalten Fraß? Kannst du nicht einmal kochen?

Habt ihr in der Schule nichts Warmes gekriegt?

Das Zeug dort ist ungenießbar. Wieso gehst du fort? Ich hab gedacht, du lernst mit mir.

Morgen. Morgen lerne ich mit dir.

Morgen hab ich keine Zeit.

Zu dumm. Ich hab heute keine.

Genau. Du hast nie Zeit für mich. Ich falle durch, aber dir ist es egal.

Unsinn. Ich gehe heute abend einmal weg.

Ja, weil du immer bloß an dich denkst.

Margret lässt den Kajalstift sinken. Okay, ich bleibe da. Wir lernen Mathe.

Nein. Ich will nicht schon wieder Mathe lernen. Ich hab auch ein Recht auf Freizeit.

Das Kind dreht sich um und knallt die Badezimmertür hinter sich zu.

Als Margret die Wohnung verlässt, sitzt es mit zwei Freunden vor dem Fernseher, sie essen Pizza aus fettigen Kartons, auf dem Boden stehen Colaflaschen und halbvolle Gläser, die demnächst umfallen werden. An der Eingangstür stolpert Margret über stinkende Sportschuhe und zu Boden geworfene Sweatshirts.

Sie fährt zu ihrem potenziellen Lover. Die Spannung hat sie verlassen, kleinlaut und weinerlich klemmt sie sich hinters Lenkrad ihres Autos, am liebsten würde sie sich verkriechen wie ein unterlegenes Tier. Was wird sie mit Helmut anfangen, ihre Blessuren vor ihm lecken? Ihre Haut muss welk sein unter dem trügerischen Rouge. Sie sollte mit der Nachhilfelehrerin ihres Kindes telefonieren und Socken waschen. Wenn sie heimkommt, wird sie einen colafleckigen Teppich vorfinden und ein Kind, das ihr träge entgegenlächelt, nachdem es alles daran gesetzt hat, ihr ein schlechtes Gewissen zu machen.

Manchmal träumt Margret von ihrem geschiedenen Mann. In ihren Träumen ist er liebevoller, als er in der Realität je war. Sie weiß die ganze Zeit, dass etwas nicht stimmt an seinem warmen, zärtlichen Ton, bis es ihr einfällt: Ihr Mann ist nicht mehr ihr Mann, und der hier mit ihr redet, ist nicht echt, er wird nicht bleiben. Er darf nicht bleiben. Er taucht in ihren Träumen auf wie ein Toter, der ins Jenseits zurück muss. Das erfüllt sie mit tiefer, schmerzender Trauer, und zugleich ist ihr die Situation unheimlich. Nach dem Aufwachen fühlt sie sich erleichtert. Sie ruft sich alle unangenehmen Eigenschaften ihres Ex-Mannes ins Gedächtnis und ist froh, dass er sich weit weg aufhält.

Und dann, plötzlich, fallen wie in einem Kaleidoskop alle bunten Glasscherben durcheinander und rücken zu einem neuen Bild zusammen.

Margret kennt wieder müßige Nachmittage, ganze Stunden, die ihr gehören, ohne das dumpfe Gefühl versäumter Pflichten, sie erlebt wieder unbeschwerte Geselligkeit, sie genießt den schimmernden Luxus nicht zweckgerichtet verplanter Zeit.

Ihr Körper richtet sich auf. Er wird empfindsam wie früher. Ihre Haut spürt die bloße Luft wie ein Streicheln. Sie fängt Blicke auf, statt sie fallen zu lassen. Sie kriegt Lust, Lust zu bereiten.

Ihr Kind hat die Schule absolviert, es studiert und kocht sich seine Mahlzeiten selber. Es redet jetzt freundschaftlich mit ihr, wohlwollend, nachsichtig.

Margrets neuer Liebhaber ist leidenschaftlich und potent und will seine lustlose Ehe verlassen, so sagt er jedenfalls; Margret hört es geschmeichelt. Was immer er tatsächlich tun wird, sie wird sich den Tonfall seiner Stimme bewahren, einer dunklen, beschwörenden Stimme, die ihr seine Zuneigung versichert, Zuneigung zu ihrem lustbereiten Körper vor allem. Margret nimmt es als Anerkennung, sie kostet ihre Lustbereitschaft beglückt aus. Für die Wertschätzung ihrer intellektuellen oder sozialen Qualitäten ist später noch Zeit.

Sie hat jetzt Freundinnen, die ihre Stimmen erheben, wenn ihnen danach ist. Manchmal trifft sie Heidi. Heidi rasiert mittlerweile ihre Achseln, trägt blondierte Strähnchen im Haar und lebt mit einer Geliebten zusammen.

Von ihrem geschiedenen Mann hat Margret schon lange nicht mehr geträumt. Sie weiß, dass er mittlerweile halb blind ist, eine Folge seiner zu spät erkannten Zuckerkrankheit. Im Stillen gratuliert sie sich, dass nicht sie ihn über die Straße bringen muss. Das tut seine derzeitige Frau, fünfundzwanzig war sie, als sie ihn heiratete. Jetzt ist sie knapp vierzig und verbringt ihre Tage mit einem alten Mann.

Sag nicht, dass du glücklich bist!, stöhnte der Regisseur, den Margret bei einer Radiodiskussion kennengelernt hat. (Das Thema hiess *Die neue Armut*. Margret war dabei, weil sie eine Expertin für arme Frauen ist. Sie kommen täglich in ihre Beratungsstelle. Manchmal denkt Margret, *Frauen* und *Armut* sind Synonyme.)

Der Regisseur schickte einen schrägen, prüfenden Blick zu ihr. Mit glücklichen Frauen kann ich nichts anfangen. Ich bin auf unglückliche Frauen spezialisiert. Wie soll ich dich ins Bett kriegen, wenn du nicht getröstet werden willst?

Margret lachte. Wo warst du, als mein Staubsauger kaputt war?

Er verzog das Gesicht. Staubsauger sind banal. Ich bin mehr ein Spezialist für kaputte ... wie heißt eigentlich die Mehrzahl von Selbstbewusstsein?

Margret lachte wieder.

Er schüttelte den Kopf. Du bist also glücklich. Was soll das sein? Ist das nicht ein bissschen simpel?

Du hast recht, sagte Margret, du wirst mich nicht ins Bett kriegen.

Margret fährt in die Cinque Terre. Sie ist fast sechzig und fühlt sich sicher wie nie zuvor. Sie wandert die schmalen Wege an den Steilhängen entlang, tief unter sich das gleißende Meer. Vorhin, auf der Piazza von Vernazza, vor der Kirche, die direkt aus dem Wasser steigt, hörte sie einem Gespräch zweier amerikanischer Mädchen zu und hätte sich am liebsten eingemischt. Die beiden aßen hauchdünn geschnittenen Prosciutto aus dem Verpackungspapier und rissen dazu Weißbrotstücke von einem Wecken ab. Margret saß mit geschlossenen Augen in der Sonne, zurückgelehnt, wenn sie nicht an gerade an ihrem Campari Orange nippte.

Sie sagte dann doch nichts, erstens, weil sie keine Lust hatte, irritierte Blicke zu ernten, und zweitens, weil sie nicht wusste, wie sie das, was sie eventuell sagen hätte wollen, ausdrücken sollte. *Die Zeit heilt alle Wunden?* Stimmt gar nicht. Sie hat Margrets Wunden geheilt, was Margret wie ein Wunder vorkommt und sie fragen lässt, womit sie es verdient hat.

Vor ihr thront, einen Hügel entfernt, hoch oben das wehrhafte Corniglia. *Aufhören, wenn es am schönsten ist.* Vielleicht sollte sie sich dem Meer entgegenstürzen, jetzt, bald, solange sie sich stark genug dazu fühlt.

Prinzessin

Richard hatte aus erster Ehe zwei Kinder. Er verließ sie, als sie Teenager waren, um Nora zu heiraten. Einige Zeit später war Nora schwanger. Ihr gemeinsames Kind sei das erste, auf das sich Richard wirklich freue, erzählte Nora im Freundinnenkreis. Und dann, als ihre Tochter auf der Welt war, sagte sie, für dieses kleine Wesen würde Richard einfach alles tun. Sie sagte tatsächlich *kleines Wesen* und *alles* tun (als zitiere sie aus einem schwülstigen Roman), obwohl Richard nicht mehr tat, als das Baby herumzutragen, ihm den Schnuller in den Mund zu stecken und es gelegentlich zu wickeln. Das war aber mehr, als er für seine ersten Kinder getan hatte, und er tat es mit inniger Zuneigung. Hätte er die Liebe zu seiner Tochter – die sie Isabella genannt hatten – durch todesmutige Heldentaten beweisen müssen, er hätte versucht, Heldentaten zu vollbringen. Das war nicht nur Noras Sicht. Richard war vernarrt in Isabella. Richard und Nora waren beide vernarrt in Isabella. Nora war eine späte Mutter, jedenfalls im Vergleich zu Richards erster Frau, mit der Richard seine ersten Kinder im Alter von Anfang zwanzig *passiert* waren. Für Isabella war Richard ein reifer Vater. Die bewusste Entscheidung für ein Kind schaffe eine tiefere Bindung zwischen Kind und Eltern, sagte Nora, sie bürde Eltern mehr Verantwortungsgefühl auf, mache sie aber auch glücklicher. Das erklärte nicht nur Richards Vernarrtheit in Isabella, sondern auch, warum er sich um seine ersten Kinder kaum kümmerte.

Isabella wuchs heran, und Richard, sagte Nora lachend, leide schon im Vorhinein bei der Vorstellung, dass demnächst die ersten Knaben auftauchen und mit ihm um Isabellas Aufmerksamkeit buhlen würden. Bestimmt sei ihm keiner für seine Prinzessin gut genug.

Wenn man Nora zuhörte, stellte man sich Isabella als bezauberndes Geschöpf vor, das mit bestrickendem Charme Richard, und nicht nur ihn, um den Finger wickelte.

Tatsächlich war Isabella übergewichtig und mürrisch. Gott ist gerecht, sagte Therese, eine Freundin von Richards erster Frau Karin, als sie Isabella zu Gesicht bekam, aber Karin weigerte sich, hämisch über Isabella zu reden, die ein Kind und schließlich an nichts schuld sei. Karin wollte lieber großzügig als gehässig dastehen, und außerdem blieb das Fakt, dass Isabella ein dicker Trampel war, bestehen, auch ohne dass Karin das aussprach. Sie schaute auf ihre eigenen – schönen, liebenswürdigen – Kinder, und ihr Herz füllte sich mit Genugtuung, was sie aber nie zugegeben hätte.

Isabella ging ungern in die Schule. Die Schule unterschied sich irritierend von ihrer Welt daheim, in der sie die Klügste, Schönste und Anbetungswürdigste war, während ihr in der Schule Anstrengung abverlangt wurde, Rücksichtnahme, Bescheidenheit gar; sie sollte anerkennen, dass andere bessere Aufsätze schrieben, schneller rechneten oder die schönere Singstimme hatten, was ganz entschieden ihrer Überzeugung widersprach, dass sie unübertrefflich war.

Nora hätte Isabella gern in eine alternative Schule geschickt, sie stellte sich vor, dass dort mit einfühlsamen Methoden Isabellas spezielle Talente entdeckt und gefördert würden, aber Richards Ehrgeiz ließ Isabellas Auslagerung in eine geschützte Bildungswerkstatt nicht zu. Außerdem sprach nichts dafür, dass es an Isabella eine kreative Begabung zu entdecken gab, die in der Regelschule zu kurz kommen würde. Also wurde Isabella von teuren Nachhilfelehrerinnen mühsam, aber letztlich erfolgreich durchs Gymnasium navigiert. Sie maturierte an derselben ehrwürdigen Schule, die schon Richard besucht hatte, und Richard platzte vor Stolz aus allen Nähten. Nora erklärte, Richards ehemalige Schule sei bekannt für ihre hohen Anforderungen. Deswegen sagte es praktisch nichts aus, dass Richards frühere Kinder die Matura, anders als Isabella, beim ersten Antritt geschafft hatten. Richards frühere Kinder waren in eine Schule mit vergleichsweise hohem Ausländeranteil gegangen, man konnte sich ausrechnen, dass die Latte dort niedriger lag. Was prinzipiell in Ordnung war, schließlich waren Nora wie Richard grundsätzlich dafür, dass auch Menschen mit Migrationshintergrund eine Chance bekamen.

Isabella studierte Jus, das heißt, sie schrieb sich für Jus auf der Uni ein, kam aber nie merklich voran, was jedoch egal war, weil Richard sie schließlich in seiner Kanzlei beschäftigte und dort so einsetzte, dass ihre mangelnden Studienerfolge nicht ins Gewicht fielen.

Richards Freude an Isabella war unbeirrbar, die Zuneigung leuchtete ihm aus den Augen, wenn sie auf stämmigen Beinen durchs Büro stapfte, mit breitem Hintern und langen Haaren, die leider dazu neigten, schnell strähnig zu werden, und seiner Kanzleileiterin Anweisungen gab. Sie war ein bisschen fest geraten, aber er fand, dass ihr das gut stand, und die überflüssigen Anweisungen (von denen seine Kanzleileiterin wusste, dass sie nicht befolgt werden mussten) rührten ihn irgendwie, zeigten sie doch, dass seine Tochter sich einbringen wollte ins Kanzleigeschehen.

Isabella war teuer angezogen, Nora ging oft mit ihr shoppen. Manchmal hätte sie gern zu ausgeflippten jugendlichen Designerstücken für ihre Tochter gegriffen und nicht zu den konservativen Teilen in Übergröße, in die Isabella passte, aber dann tröstete sie sich damit, dass Isabella ein klassischer Typ war, was ihr dereinst das Älterwerden erleichtern würde.

Mit ihrer Schwester war Nora übers Kreuz, seit die behauptet hatte, Isabella sei zu dick, sie solle weniger ungesunde Nahrung in sich hineinstopfen und mehr Sport betreiben, dann würde sich auch ihre ständige schlechte Laune bessern. Nora fand Isabella ausgesprochen charmant. Zugegeben, sie war manchmal etwas direkt, aber gerade diese fast kindliche Offenheit hatte in Noras Augen etwas Entwaffnendes.

Richards Befürchung, dass zahllose Verehrer Isabella belagern würden, die er dann mehr oder weniger mühsam auf ihre Absichten zu überprüfen hätte, traf in dieser Form nicht ein, aber immerhin gab es in seiner Kanzlei einen vielversprechenden jungen Juristen, der ein schüchternes Interesse an Isabella zeigte. Paul kam vom Land, er war der erste in seiner Familie, der studiert hatte, und offenkundig war er nicht nur von Isabella, sondern auch von ihrem sozialen Background beeindruckt. Er war zielstrebig und aufstiegsorientiert, aber kein Hoppla-jetzt-komm-ich-Karrierist, der Respekt und Ehrerbietung Ranghöheren gegenüber vermissen ließ. Also begegnete er seinem Chef, dessen Frau und der Tochter des Chefs mit ergebener Achtung, nicht ohne Selbstsicherheit (denn er wusste um seine Qualitäten), aber dennoch das hierarchische Gefälle zwischen ihnen nie negierend.

Nora und Richard förderten wohlwollend die aufkeimende Zuneigung der jungen Leute zueinander, wobei Zuneigung in Isabellas Fall vielleicht ein zu starkes Wort war. Isabella ließ sich Pauls Interesse gefallen, sie nahm seine Sympathie für sie hin wie ein ihr zustehendes Geschenk. Nora hätte sich insgeheim eine glamourösere Partie für Isabella gewünscht, aber Richard lobte Pauls juristische Fähigkeiten und seine Zuverlässigkeit, das eine schien ihm wichtig im Hinblick auf die Zukunft der Kanzlei, das andere essenziell für eine gelingende Ehe. Er halte nichts von diesen Schaumschlägern, sagte er zu Nora, die ein imponierendes Auftreten hätten, aber in Wirklichkeit bloß egozentrische Schnösel seien. Nora stimmte ihm zu. Ihren Einwand, dass ein glänzendes Image nicht zwangsläufig bloß auf Schaumschlägerei hindeuten müsse, behielt sie für sich. Vielleicht war es ja auch ein bisschen töricht, sich Isabella unbedingt an der Seite dieses bekannten Jungindustriellen aus einflussreicher Familie vorstellen zu wollen, der noch dazu aussah wie ein Männermodel für teure Armbanduhren.

Isabellas Halbschwester Lena war inzwischen geschieden worden, was Richard als ärgerliches Scheitern wertete. Sie hatte ein Kind im Vorschulalter und Richard fragte sich, wie sie als Alleinerzieherin über die Runden kommen würde, wobei ihn die Sorge quälte, sie könnte ihn um Geld bitten. Aber Lena meldete sich nicht bei ihm. Karin teilte ihm mit, Lena und dem Kind gehe es gut, auch finanziell, obwohl Lenas geschiedener Mann wenig Unterhalt für die Kleine zahlte. Lena war Psychologin und hatte sich auf die Behandlung von Teilleistungsschwächen bei Kindern spezialisiert. Mit zwei Kolleginnen unterhielt sie eine offenbar gut frequentierte Gruppenpraxis.

Lenas Bruder Christoph war Künstler, was immer man darunter verstehen sollte, er experimentierte mit elektronisch gesteuerten Installationen und synthetisch erzeugten Klangobjekten (zumindest waren das die Vokabeln, die Richard und Nora sich gemerkt hatten, wenn auch vielleicht nicht in der richtigen Reihenfolge). Wovon er sein Leben fristete, war unklar, anscheinend bekam er immer wieder Stipendien oder wurde von Kultureinrichtungen verschiedener Städte als Artist in Residence durchgefüttert. Er sei materiell anspruchslos, sagte Karin, das Anhäufen von Besitz interessiere ihn nicht. In Richards Augen eine faule Ausrede dafür, dass sein Sohn sich den Anforderungen eines erwachsenen Lebens verweigerte. Im Grunde, sagte Richard sich bitter, hatte er zwei Versager in die Welt gesetzt, ein Glück, dass Isabella so ganz anders war.

Um sie abzusichern und vor Erbstreitigkeiten mit ihren Geschwistern zu schützen, übertrug er ihr das Eigentum an sämtlichen Immobilien, die er inzwischen besaß, allerdings dergestalt, dass seine und Noras Nutzungsrechte gewahrt blieben; außerdem belegte er die Häuser und die beiden vermieteten Eigentumswohnungen vorsichtshalber mit Belastungs- und Veräußerungsverboten.

Isabella heiratete Paul. Pauls Verwandtschaft vom Land kam zur Hochzeit, Nora fürchtete, dass sie sich unwohl fühlen würden im eleganten städtischen Rahmen, aber sie schlugen sich erstaunlich gut. Pauls Schwestern waren unerwartet schick angezogen, ein bisschen billig zwar, *aufgerüscht*, wie Nora sagte, aber der Gesamteindruck war durchaus passabel. Pauls Schwestern waren schlanke junge Frauen, biegsam und hübsch, sie hatten wenig Ähnlichkeit mit ihrem untersetzten Bruder, der trotz seiner Jugend bereits das behäbige Hinterteil eines alten Mannes hatte.

Isabella war gerne Tochter, ihr Bedürfnis, Mutter zu werden, hielt sich in Grenzen, aber Nora erzählte ständig von Frauen aus dem Bekanntenkreis, die mit ihren Enkeln protzten, sodass Isabella probehalber die Pille absetzte. Vielleicht war so ein Kind ja tatsächlich eine Bereicherung? Sie verhütete also nicht, doch es passierte nichts. Anfangs dachte sie sich nichts dabei (sie war sogar ein klein wenig erleichtert), aber nach ein paar Monaten wurde sie unruhig. Sobald sich herausgestellt hatte, dass sie anscheinend Mühe hatte, schwanger zu werden, stürzte sie sich mit Besessenheit auf das Projekt Kind. Dass ihr ein Wunsch verwehrt wurde, war sie nicht gewohnt. Sie pilgerte zu Fruchtbarkeitsspezialisten. Richard fand den Gedanken, dass sich sein kleines Mädchen den Beschwerden und Gefahren einer Schwangerschaft aussetzen wollte, eher beunruhigend, er redete Isabella zu, fürs Erste gar nichts zu unternehmen, schließlich sei sie doch – womit er recht hatte – noch jung, sie könne sich Zeit lassen, in ihrem Fall die biologische Uhr ticken zu hören, sei lächerlich. Aber Isabella inszenierte sich als tragischen Fall, sie konsultierte einen Guru um den anderen, wenngleich sie vor der Prozedur der In-vitro-Fertilisation noch zurückschreckte.

Ihre Ehe mit Paul war harmonisch, sie war mit Arztbesuchen beschäftigt, er in der Kanzlei, wo er fehlende Brillanz durch Fleiß wettmachte, und im Übrigen waren die Machtverhältnisse klar. Paul wusste, was er der Heirat mit der Tochter des Chefs verdankte, seine Loyalität war Isabella sicher. Karins Freundin Therese hatte prophezeit, dass er Isabella nach Strich und Faden betrügen würde, eine Vorhersage, die eher auf Wunschdenken als auf realistischen Grundlagen basierte, denn Paul, mit schütterem Blondhaar und breitem Hintern, war als Casanova nicht leicht vorstellbar. Natürlich war es denkbar, dass er trotzdem fremdging, gerade die Unscheinbaren wecken oft falsche Hoffnungen in einsamen Herzen, aber wenn er Abwege beschritt, dann so diskret, das niemand es merkte. Isabella, geübt darin, geliebt zu werden ohne Gegenleistung, nahm seine Ergebenheit hin, das hielt sie für Liebe ihrerseits.

Nach einer Hormonbehandlung bekam Isabella schließlich Zwillinge, einen Buben und ein Mädchen, Jonas und Amelie. Amelie erinnerte Richard irgendwie an seine ältere Tochter Lena, das behielt er jedoch für sich, er sagte lediglich, die kleine Amelie sei ein hübsches Ding, aber an den Liebreiz ihrer Mutter reiche sie nicht heran.

Isabella verkündete, sie eigne sich besser zur Buben- als zur Mädchenmutter, damit werde Amelie sich wohl abfinden müssen. Immerhin lachte sie dabei, das kam nicht so häufig vor, weshalb Nora zu ihren Freundinnen sagte, die Mutterschaft lasse Isabella vor Glück leuchten.

Dass Isabella sich eher als Söhne- denn als Töchtermutter sah, passte zu ihrer üblichen Selbstbeschreibung als eine Person, die besser mit Männern zurechtkam als mit Frauen. Frauen, pflegte sie zu sagen, seien immer eifersüchtig auf sie, da könne sie machen, was sie wolle. Kein Wunder, fügte Richard hinzu, wenn er es hörte, und lachte dröhnend.

Für die Kinder wurde ein Hund angeschafft, ein lebhafter Australian-Shepherd-Rüde mit blauen Augen. Isabella und Nora hatten das Tier vor allem wegen seiner Schönheit gewählt, dass diese Rasse nicht ganz pflegeleicht war, hatten sie nicht gewusst und nicht bedacht. Der Hund war freundlich, aber stürmisch, er rannte die Kinder über den Haufen und entriss ihnen ihr Spielzeug, was schon einmal zu kleinen Schrammen an ihren Händen führte. Der Hund musste erzogen werden.

Isabella bekam einen Hundeabrichter empfohlen, von dem es hieß, dass er selbst schwierigste Tiere in den Griff bekomme. Er verwandle zähnefletschende Kampfköter zwar nicht gerade in Lämmer, aber sie parierten ihm und er bringe den Eigentümern bei, wie sie sie halbwegs unter Kontrolle halten konnten.

Isabellas Hund Rocky war ein leichter Fall, im Grunde gutmütig und kooperativ, man musste lediglich sein Temperament zügeln und ihm gelegentlich zeigen, dass er nicht das Alphatier war im Familienrudel. Obwohl Rocky kein Dauerklient hätte sein müssen, ging Isabella weiterhin zweimal in der Woche mit ihm zu Daniel – so hieß der Hundeabrichter –, und außerdem war sie häufig bei den Spaziergängen dabei, auf denen Daniel die Hunde reicher Kunden Gassi führte, die zu beschäftigt waren, um das selber zu tun. Meistens umdrängte auf diesen Vormittagswanderungen eine aufgekratzte Damenschar samt Vierbeinern den Abrichter, sie kamen mit, um unter Daniels Anleitung mit ihren Hunden allerlei Kommandos zu üben, und wetteiferten wie aufgeregte Schulmädchen um die Gunst und die Aufmerksamkeit des umschwärmten Lehrers. Daniel war unverbindlich, streng, wenig höflich. Er machte sich auch oft lustig über die kichernden und schnatternden Damen, die ihm nichts übel nahmen, sondern unverdrossen mit ihm über Stock und Stein wanderten, in Ballerinas oder zierlichen Mokassins, die bestimmt ein Heidengeld gekostet hatten und vermutlich nur wenige dieser Spaziergänge überlebten.

Isabella hielt tapfer mit. Wie es kam, dass Daniel sie erhörte, erfuhr man nicht, Isabella hatte keinen Freundinnen, denen sie intime Details aus ihrem Leben anvertraute. Fest stand, dass sie nicht die einzige war, aber das hinderte sie nicht, mit verzweifelter Bereitwilligkeit darauf zu warten, dass sie wieder einmal an die Reihe kam. Sie machte ihm teure Geschenke. Sie fuhr in seine Wohnung, um für ihn zu putzen, obwohl sie daheim selbstverständlich eine Putzfrau beschäftigte. Sie nahm es hin, dass er sie vor seinen anderen Groupies demütigte, weil sie ihren Hund angeblich noch immer nicht im Griff hatte, sie sah zu, wie er wechselnden Favoritinnen beim Spazierengehen schnell an den Hintern griff oder ihnen den Oberarm (samt Busen) tätschelte.

Zum ersten Mal in ihrem Leben begnügte sich Isabella nicht damit, gnädig die Liebe anderer entgegenzunehmen, sie liebte jetzt selber und an der Ausübung dieses Gefühls hielt sie mit wütender Entschlossenheit fest, auch wenn sie dabei Schmerz, Beschämung und Unglück erleiden musste.

Dass Daniel ihre exzessive Hingabe nicht verdiente, stand außer Zweifel. Er hatte als Boxer, Stuntman und Fitnesstrainer dilettiert, ehe er sich dem Hundeabrichten zuwandte, man sagte ihm mehrere uneheliche Kinder nach, um die er sich nicht kümmerte, und auch von einem Prozess wegen betrügerischer Geschäfte war gerüchteweise die Rede. Er war ungebildet, ungehobelt und rücksichtslos. Einen Mann wie ihn hatte Isabella noch nicht erlebt.

Richard brach das Herz, weil seine Prinzessin sich wegwarf und er nichts verhindern konnte, weder ihre Obsession für einen Unwürdigen noch ihr Leid dabei.

Nora kümmerte sich um die Zwillinge, für die Isabellsa wenig Zeit und noch weniger Geduld aufbrachte, manchmal fühlte Nora Ärger auf Isabella in sich aufsteigen, nicht Mitleid, nicht Wut auf Daniel (wie Richard), sondern schlichten Ärger, weil Isabella die Kinder, die sie sich so besessen gewünscht hatte, jetzt links liegen ließ wie Spielzeug, das nicht gehalten hatte, was es versprach.

Man hätte Verständnis gehabt, wenn Paul sich von Isabella trennen hätte wollen. Richard hätte es natürlich nicht verstanden, für ihn rechtfertigte sich Pauls Existenz einzig dadurch, dass er Isabella diente, aber alle anderen, Nora inklusive, hätten es wohl mit Milde gesehen, wenn er auf Scheidung gedrängt oder sich zumindest ganz offen eine Freundin angelacht hätte. Aber Paul hielt seinerseits unter schmerzlicher Selbsterniedrigung an Isabella fest, je mehr sie sich ihm entzog, desto kostbarer wurde sie ihm, ganz abgesehen davon, dass er keinen Konflikt mit seinem Schwiegervater wollte, dessen Teilhaber er inzwischen war.

Therese, die das Drama erste Reihe fußfrei verfolgte (sie wurde über Freundinnen von Noras Freundinnen auf dem Laufenden gehalten), erwartete mit Spannung einen schrecklichen Höhepunkt, doch statt dessen fand die Affäre ein banales und klangloses Ende. Daniel jagte Isabella eines Tages endgültig vor die Tür. Nein danke, keine Putzdienste mehr in seiner Wohnung, und sie möge doch mit ihrem Hund zu einem anderen Fachmann gehen, wenn sie denn unbedingt einen in Anspruch nehmen wolle.

Isabella wollte nicht. Sie kehrte in Pauls Arme zurück. Ihre Kapazitäten für sinnlose Selbstaufgabeexzesse waren offenbar erschöpft, wie nach einem Fieberschub richtete sie sich wieder in ihrem alten, gesund temperierten Ich ein. Den Hund gab sie weg.

Die Kinder plärrten zwar eine Weile, auch das Zwergkaninchen, das sie statt dessen bekamen, vermochte sie nicht zu trösten (weshalb es ebenfalls im Tierschutzhaus landete), aber nach ein paar Wochen beruhigten sie sich, es blieb ihnen gar nichts anderes übrig. Isabella war keine Mutter, die den Launen ihrer Kinder nachgab, dazu stand sie, tyrannische Fratzen seien ein Produkt der Mittelschicht, sagte sie. Sie sah sich als etwas Besseres. Die wirklich noblen Familien würden ihre Kinder streng erziehen.

Richard, der in seiner Jugend als links gegolten hatte und nach wie vor für einflussreiche Rote tätig war, zuckte zusammen, aber im Grunde spielten Isabellas Ansagen keine Rolle, auch die einflussreichen Roten hatten Nachwuchs, der sich längst im Milieu der geborenen Eliten tummelte.

Es hätte jetzt alles im Lot sein können, doch Richard blieb unruhig, so als traue er dem Frieden nicht. Er war oft geistesabwesend, die Führung der Kanzlei überließ er immer mehr Paul.

An einem Wochenende, das Richard allein auf seiner Jagdhütte verbrachte, tauchte aus dem Wald eine grau getigerte Katze auf und sprang neben ihn auf die Bank vor dem Haus. Es schien, als ob sich die Katze dort mindestens so sehr daheim fühlte wie Richard. Vermutlich gehörte sie zu einem Bauernhof in der Umgebung und das Areal um die Jagdhütte war Teil ihres Reviers. Die Katze, eigentlich ein Kater mit mächtigem Kopf, näherte sich Richard mit stolzem Selbstbewusstsein, von Herrscher zu Herrscher. Er betrachtete den Mann prüfend, und als Richard sich nicht bewegte, legte er sich an seiner Seite nieder, ohne ihn zu berühren, mit halbgeschlossenen Augen und ausgestreckten Pfoten, die sacht die Luft über dem rauen Holz der Bank kneteten.

Richard, bisher nie an Tieren interessiert (nicht einmal als Jagdbeute, er war nur jagen gegangen, weil ihm das beruflich nützliche Kontakte bescherte), hielt dem Kater vorsichtig die

Hand hin. Der roch daran, ebenso vorsichtig, dann stieß er mit einer schnellen Drehung seinen Kopf gegen Richards Handfläche.

Als Richard in die Hütte ging, kam der Kater mit, und Richard fütterte ihn mit Speck. Nachdem er gefressen hatte, ging der Kater mit hocherhobenem Schwanz zur Tür hinaus und über die Wiese davon. Er sah sich nicht einmal nach Richard um.

Von nun an fuhr Richard öfter zur Jagdhütte. Nora hatte den Verdacht, dass er eine Frau dort traf, sagte aber nichts. Richard und sie waren vor Längerem stillschweigend übereingekommen, dass Richard sich von Zeit zu Zeit außerhäuslich holen durfte, was er daheim nicht mehr bekam, seit Nora das Interesse an Sex verloren hatte.

Richard fuhr aufs Land, hielt beim Supermarkt am Fuße des Berges, auf dem seine Jagdhütte stand, kaufte ein paar Dosen Katzenfutter und lenkte dann seinen SUV die steile Forststraße hinauf zur Jagdhütte.

Der Kater ließ nicht lange auf sich warten. Kaum hatte Richard den Motor abgestellt, trat er zwischen Bäumen hervor und schritt gemächlich auf Richard zu, den Schwanz zur Begrüßung steil aufgerichtet. Richard fütterte ihn, danach saßen sie auf der Hausbank und später, als es kälter wurde, in der Stube. Richard döste mit geschlossenen Augen, der Kater lag schnurrend auf seinen Knien.

Eines Abends verirrte sich Richard auf der Heimfahrt. Er landete auf einem ländlichen Polizeiposten, weit entfernt von der Stadt und auch von der Jagdhütte. Nora holte ihn ab, zusammen mit Paul, der Richards Auto zurückfahren sollte. Tut mir leid, sagte Richard, ich habe plötzlich die Orientierung verloren. Du hast doch das Navi, sagte Nora unwirsch. Oder ist es kaputt?

Das Navi, wiederholte Richard. Sein Gesicht drückte Ratlosigkeit aus.

Eine Zeitlang behielt Nora Richard daheim. Sie fuhr ihn auf sein heftiges Drängen immer wieder einmal zur Jagdhütte, wo er besorgt um sich schaute, bis der Kater kam und sich zu ihm setzte. Nora wollte ihn zuerst verscheuchen, aber als sie begriff, dass er der Grund für Richards Sehnsucht nach der Jagdhütte war, fütterte sie ihn und duldete, dass er Richard Gesellschaft leistete.

Schließlich musste Richard in ein Heim. Nora schaffte seine Pflege nicht mehr. Sie fand ein Sanatorium, das sorgfältige Betreuung versprach. Es gab sogar eine Therapiekatze dort, ein zutrauliches Tier, schwarz-weiß gefleckt, das den Patienten um die Beine strich, aber Richard fürchtete sich vor ihm, versteckte sich hinter seinen erhobenen Händen und brach in verängstigtes Schluchzen aus, wenn es ihm nahe kam.

Er erkannte niemanden mehr, meistens brütete er unansprechbar vor sich hin. Als ihn Isabella besuchte (sie hatte lange gezögert), ging ein Lächeln über sein Gesicht. Wie geht es Ihnen?, fragte er eifrig. Und fügte dann hinzu: Ich glaube, Sie haben keinen Termin mit mir vereinbart, aber nehmen Sie doch bitte Platz.

Isabella weigerte sich danach, noch einmal zu Richard zu fahren. Er wisse ohnehin nicht, wer sie sei, sagte sie. Für ihn sei es egal, ob sie komme, aber sie müsse, wenn sie ihn besuche, den Anblick der menschlichen Wracks dort ertragen, das sei einfach zu viel verlangt.

Sie ist so sensibel, sagte Paul zu Nora. Sie verkraftet das nicht. Es ist besser für sie, wenn sie ihn nicht sieht. Sie wird sonst selber noch krank.

Als Richard begraben wurde, hatte Isabella eine schwere Erkältung und blieb deswegen zu Hause. Richards Erstfamilie marschierte hingegen geschlossen auf, nicht gerade zu Noras Freude. Im Trauerzug weinte Lena bitterlich um den Vater, den sie nie gehabt hatte. Gott hat vergessen, gerecht zu sein, sagte Therese. Karin zuckte die Achseln und sagte: Erzähl mir was Neues.

Charlotte

—

Charlotte hätte lieber den Bus oder ein Taxi genommen, doch die Kinder bestanden darauf, sie heimzubringen. Sie setzten sie vor ihrem Haus ab, Charlotte winkte ihnen zum Abschied zu, Tommy wendete das Auto, schnell wie immer, und krachte beim Zurücksetzen gegen einen Pflanzenkübel aus Beton, den die schönheitsdurstige Stadtverwaltung an der Gehsteigkante hatte aufstellen lassen. Er war in der Dunkelheit schlecht zu sehen, weil jetzt, im Winter, keine Pflanzen darin wuchsen.

Tommy trat hart auf die Bremse und sprang aus dem Wagen, um den Schaden zu begutachten. Ein anderes Auto, das um die Ecke bog, wäre fast auf Tommys Wagen aufgefahren, der jetzt schräg über der Fahrbahn stand. Sophie war ebenfalls herausgesprungen. Charlotte eilte auf die beiden zu, doch ehe sie etwas sagen konnte, zischte Sophie ihr zu: Sei still. Das Letzte, was er jetzt braucht, sind Ratschläge von dir!

Ich will ihm gar keinen Rat geben, sagte Charlotte halblaut zu Sophie (was insofern stimmte, als sie sich verboten hatte, darauf hinzuweisen, dass Tommys Auto ein Verkehrshindernis darstellte), und laut sagte sie zu Tommy: Ist viel passiert? Es tut mir so leid, mein Lieber.

Bitte!, zischte Sophie abermals. Du machst es nur schlimmer! Von deiner Entschuldigung hat er jetzt gar nichts.

Entschuldigung?, fragte Charlotte verwirrt. Warum sollte ich mich entschuldigen?

Ist schon gut, knurrte Tommy und stieg wieder ein.

Sophie eilte zur Beifahrertür, im Weggehen sagte sie: Mein Gott, wir hätten uns das alles erspart, wenn du dir einfach ein Taxi genommen hättest. Jetzt ist er wieder tagelang ungenießbar.

Sophie bezeichnete sich im Allgemeinen als glücklich verheiratet, aber manchmal, wenn sie schlechter Laune war, stellte sie Tommy als finsteren Haustyrannen hin. Vielleicht war er das ja auch, Charlotte wusste es nicht. Sophie neigte zu Übertreibungen, doch möglicherweise hatte Tommy wirklich ein zweites Gesicht, das er vor Charlotte noch nie gezeigt hatte. Sie vermutete allerdings, dass Sophie es einfach darauf anlegte, sie zu beunruhigen. Immer schon hatte sie sich Charlottes Aufmerksamkeit mit besorgniserregenden Andeutungen gesichert.

Charlotte unterdrückte ihren Ärger über Sophies ungerechte Anschuldigung und ging ins Haus. Sie freute sich auf ihre ruhige Wohnung, sie war gern allein daheim. Ein Genuss, niemandem Rechenschaft schuldig zu sein. Was immer sie tat oder unterließ, es war ihre Entscheidung, die sie nur vor sich selber zu verantworten hatte. Die Frauen in ihrer Umgebung, die krampfhaft einen Partner suchten, waren ihr unverständlich. Hatten sie denn nach Jahren des Sich-Anpassens, der Rücksichtnahme, des Kompromisse-Schließens nicht genug von der Zweisamkeit? Wollten sie nicht endlich einfach tun, worauf sie Lust hatten, statt schon wieder zu sorgen und zu versorgen und ihre Zeit an Dienstleistungen zu verschwenden?

Ja, aber das ist es doch, worauf ich Lust habe, sagte eine ihrer Jugendfreundinnen auf Charlottes Frage, ich habe Lust darauf, für einen anderen da zu sein.

Das war Charlotte ein Rätsel. Sie hatte gern mit Max zusammengelebt, als sie ein junges Paar waren, und später mit Max und den Kindern, als sie eine junge Familie waren, aber nachher, als die Kinder erwachsen waren, hatte sie nie wieder das Bedürfnis verspürt, ihren Alltag zu teilen und auf einen Mitbewohner abzustimmen. Lizzy, die Jugendfreundin, lebte mit einem ständig plärrenden Fernsehapparat in jedem Zimmer, seit ihr Mann tot war, dabei war ihre Ehe mit ihm gar nicht glücklich gewesen. Die plärrenden Fernseher ersetzten wahrscheinlich spielend die langweiligen Gespräche, die sie mit ihm geführt hatte, vermutlich übertrafen sie sie sogar an Unterhaltungswert. Aber warum vermisste Lizzy sie so sehr, dass sie sie unbedingt ersetzen wollte?

Ich mache mir Sorgen um sie, sagte Sophie im Auto zu Tommy. Sie wird alt, findest du nicht?

Tommy brummelte etwas Unverständliches.

Ja, man sieht es ihr nicht gleich an, sagte Sophie. Aber diese Unselbständigkeit, die ist neu. Man musste sie doch früher nicht bis an die Haustür bringen, oder?

Tommy brummelte wieder, es klang noch immer nicht verständlich.

Komm mir jetzt bloß nicht mit deiner Mutter, sagte Sophie. Wir wissen es beide, deine Mutter ist unfassbar jung, das ist schön für euch, aber es hilft mir nicht weiter.

Tommys Mutter hatte ihn mit einundzwanzig bekommen, darauf war sie aus unerfindlichem Grund stolz, und Tommy hatte diesen Stolz von ihr übernommen, als wäre es eine Leistung, jung Kinder zu kriegen. Charlotte war fünfundreißig bei Christoph gewesen und sechsundreißig Jahre bei Sophies Geburt.

Meine Mutter hat eben studiert, sagte Sophie gern, wenn Tommy wieder einmal mit seiner jugendlichen Mutter prahlte. Das war ihr und Tommys ständiges Hierarchie-Gerangel: akademische Mutter, älter, gegen Verkäuferin-Mutter, jünger, die noch dazu bis heute für die Schwester ihres Sohnes gehalten wird. Zumindest erzählte Tommys Mutter unentwegt, dass man ihr den großen Sohn nicht glauben wolle.

So hilflos kommt sie mir gar nicht vor, merkte Tommy jetzt an.

Ich sagte unselbständig, nicht hilflos, konterte Sophie.

Na ja, *wir* haben doch gesagt, sie soll mit uns fahren, wandte Tommy ein.

Klar, weil es sinnlos gewesen wäre, ein Taxi zu rufen, wenn wir praktisch sowieso bei ihr vorbei müssen.

Dann verstehe ich nicht, worüber du dich aufregst, sagte Tommy.

Ach, ich weiß auch nicht, seufzte Sophie, sie macht mich so ... so gereizt.

Das ist nicht neu, grinste Tommy.

Doch, das ist neu, beharrte Sophie. Ich schaue sie an und frage mich, ob ich auch einmal so sein werde wie sie. Ist dir aufgefallen, dass sie Altersflecken auf den Händen hat?

Nein. Aber ist das nicht egal?

Mir nicht, sagte Sophie.

Sie hatten sich mit Charlotte zum Essen in der Innenstadt getroffen, und Charlotte war mit dem Bus gekommen, um sich den Stau beim Hineinfahren und die Parkplatzsuche zu ersparen. Eine vernünftige Entscheidung, nichts dagegen einzuwenden. Trotzdem hatte Sophie das irgendwie als Appell aufgefasst. *Bringt mich heim. Ich verlasse mich darauf, dass ihr mir zur Verfügung steht.* Sophie hörte von ihren Freundinnen, dass es ihnen genauso ging. Auch wenn die Mütter noch nicht so wirkten, lauerte hinter ihrer unabhängigen Fassade schon die spätere Hilfsbedürftigkeit, man sah sie an, sah, wie sie umständlich die Brille aus der Tasche kramten, bevor sie langwierig die Speisekarte studierten, und ahnte, dass sie mehr und mehr zu einer Bürde mutieren würden, die einen zu Boden zog.

Daheim telefonierte Sophie mit Christoph. Er widersprach zuerst, als sie ihn auf Charlottes Veränderung anredete, doch dann schaltete sich Hanna ein, die mitbekommen hatte, worum es ging.

Hanna sagt, ihr ist was aufgefallen, sagte Christoph. Charlotte fühle sich nach Hannas Beobachtung neuerdings schnell überfordert. Sie hätten Mia und Leon letztes Wochenende zu ihr gebracht, und sie habe sich geweigert, sie länger zu behalten als bis Sonntag abend. Sie habe am Montag schon was vor, habe sie gesagt. Eine faule Ausrede, wie Hanna finde.

Vielleicht hatte sie wirklich was vor, sagte Sophie. Sie hat doch dauernd was vor.

Christoph gab zu, das sei möglich. Sie kamen überein, dass Charlotte von Natur aus rastlos war. Das war sie immer gewesen, von jeher hatten sie alle, Charlotte selber eingeschlossen, nach flott getakteten Zeitplänen funktionieren müssen. Anders hätte sie Beruf und Kinder nicht unter einen Hut gebracht, pflegte Charlotte zu ihrer Rechtfertigung vorzubringen, und sie wies gern darauf hin, dass Sophie und Christoph Extragoodies wie Reitstunden, Geigenunterricht, Jiu-Jitsu-Trainingswochenenden oder Fechtkurse ihrem hervorragenden Zeitmanagement (und ihrem überdurchschnittlichen Einkommen) verdankten. Was, wie ihre Kinder fanden, eine etwas penetrante Art war, sich in Szene zu setzen. Schließlich war es nur normal, dass Mütter ihre Brut nach Kräften förderten.

So sehr hätte ich mir gewünscht, dass sie einmal einen Nachmittag lang entspannt mit mir shoppen gegangen wäre wie andere Mütter, sagte Sophie am Telefon. Ich verstehe nicht, dass sie das nie verstanden hat.

Meine Mutter hatte auch keine Zeit zum Shoppen, rief Tommy launig vom Sofa her. Die musste die shoppenden Mütter deiner Freundinnen bedienen!

Sophie winkte abwehrend in seine Richtung und tippte sich dann an die Stirn, was heißen sollte, sie wisse sehr wohl, dass Shoppen nicht der Zeitvertreib war, den Tommy für sich und seine Mutter ausgesucht hätte.

Ich frage mich, sagte sie zu Christoph am Telefon, warum sie noch immer nicht loslassen kann. Sollte sie nicht endlich zur Ruhe kommen?

Vielleicht eine Form von Altersstarrsinn, schlug Christoph vor. Sie lachten beide, aber Sophie war nicht nach Lachen zumute.

Charlottes Leben war, so sah es Charlotte, wohl geordnet. Ihre Altersrente als ehemalige Staatsanwältin erlaubte ihr das Aufrechterhalten ihrer gewohnten Standards. Sie lebte in einer geräumigen Altbauwohnung, die von einer Putzfrau in Schuss gehalten wurde. Wenn es etwas zu reparieren gab, rief sie Handwerker zu Hilfe. Ihre Putzfrau hatte ihr zudem einen polnischen Arbeiter vermittelt, der ein Allroundkönner war, er kam, wenn es kleinere Schäden zu beheben gab. Für die Wartung ihres Computers und ihres Internetzugangs hatte sie sich einen Nerd angelacht. Er studierte Informatik, verlangte leistbare Honorare und war ein Nachfolger anderer Nerds, die dem Stadium der Nebenjobs inzwischen entwachsen waren. Den ersten seiner Spezies hatte sie bei der Anschaffung ihres ersten Laptops in einem Computer-Fachgeschäft aufgetan.

Um auch bei Schnee und Eis mobil zu sein, fuhr Charlotte einen kleinen SUV, den sie regelmäßig in der Werkstatt ihres Vertrauens überholen ließ.

Nie hätte sie ihre Kinder belästigt, wenn sie etwas brauchte. Sie war es gewohnt, Dienstleistungen für sich zu organisieren und dafür zu bezahlen. Manche ihrer Freundinnen setzten Kinder oder Enkel ein, wenn Rasen gemäht, Abflüsse gereinigt, Möbel gerückt, Fernseher programmiert, Computer neu aufgesetzt werden mussten. Charlotte hätte es nicht gewagt, Christoph, Sophie oder ihre Schwiegerkinder mit Derartigem zu behelligen, abgesehen davon, dass keines von ihnen imstande gewesen wäre, eine Rohrzange richtig in die Hand zu nehmen oder eine Truhe von einem Zimmer ins andere zu tragen, ohne dass

Truhe, Fußboden, Wände oder menschliche Körperteile Schaden genommen hätten.

Max hatte den Kindern ein kleines Ferienhaus im Waldviertel hinterlassen, für dessen Erhaltung sie ebenfalls aufkam. Max' übriges – nicht unbeträchtliches – Vermögen war seiner letzten Ehefrau zugefallen, er hatte es zu seinen Lebzeiten auf sie überschrieben, sodass die Kinder nach seinem Tod keinen Anspruch auf einen Pflichtteil erheben konnten. Das galt innerfamiliär irgendwie als Versagen Charlottes, wobei nicht klar war, wie sie Max' Erbe für Christoph und Sophie hätte erhalten sollen. War sie schuld, weil ihre Ehe mit Max zu Bruch gegangen war, hatte ihr Benehmen dazu beigetragen, dass Max seinen Kindern möglichst wenig hinterlassen wollte, hätte sie seine letzte Ehefrau rechtzeitig um die Ecke bringen sollen?

Sowohl Sophie wie Christoph berichteten jedenfalls häufig von Freunden oder Freundinnen, die dank ererbter Aktienpakete ein sorgloses Leben führen konnten, und sie berichteten es in einem Ton, der nicht frei von Vorwurf war. Auch Hanna kannte anscheinend ausschließlich Töchter und Söhne aus reichen Häusern, nur Tommy, der in einem Arbeiterbezirk ins Gymnasium gegangen war, traf sich mit ehemaligen Schulfreunden, die in staatlich geförderten Wohnungen lebten und nicht die Option hatten, von den Erträgnissen einer Familienstiftung zu zehren.

Hannas Eltern waren betuchter als Charlotte, hielten jedoch sparsam beisammen, was sie besaßen, und hatten Christoph liebenswürdig zu verstehen gegeben, dass es ihrer altmodischen Auffassung nach seine Aufgabe war, ausreichend Geld für Frau und Kinder heranzukarren.

Charlotte war jedenfalls – alles in allem – zufrieden mit ihrem Leben. Sie sah ihre Kinder als wohlgeraten an. Wichtig war, dass sie auf eigenen Füßen stehen konnten und den Eindruck erweckten, halbwegs glücklich zu sein. Sie hatte im Lauf der Jahre oft beobachten müssen, wie aus durchaus vielversprechenden Jugendlichen unglückliche, an sich und an der Welt scheiternde Erwachsene wurden, ohne dass man wusste, woran das lag. Im Vergleich dazu hatte sie es gut getroffen.

Das Älterwerden hatte ihr keine Probleme bereitet, weder das eigene noch das von Christoph und Sophie. Im Unterschied zu den Lizzys weinte sie nicht den seligen Zeiten nach, als ihre Kinder noch klein und von ihr abhängig waren, und obwohl sie ihren Beruf gern ausgeübt hatte, fiel es ihr leicht, sich jetzt anderen Interessen zu widmen. Manchmal blieb sie bis zehn am Vormittag im Bett liegen, lesend, und gratulierte sich zu diesem Privileg. Sie lernte wieder Französisch, und wenn sie mit Jens mitten in der Woche für zwei Tage nach Triest fuhr, kam ihr das noch immer unwirklich und wie ein unverdientes Glück vor.

Schade, dass es mit Jens regelmäßig zermürbende Auseinandersetzungen gab, weil er nicht zu begreifen vermochte, wie man jemanden tagelang nicht treffen wollte, obwohl man ihn angeblich liebte. Irgendwann, so fürchtete Charlotte, würde er sie vor die Ich-Oder-Alternative stellen, und sie war sich ziemlich sicher, dass sie sich für das Oder entscheiden würde, obwohl sie Jens nicht verlieren wollte.

Lieber würde sie doch mit einem geliebten Mann gemütlich daheim sitzen als allein in einem Vortrag über den sozialen Wohnbau der Zwischenkriegszeit, hatte Lizzy gesagt, als Charlotte in einer Frauenrunde die Meinungsverschiedenheiten zwischen ihr und Jens vorsichtig ansprach, und sie hatte den *sozialen Wohnbau der Zwischenkriegszeit* spöttisch betont, so, als wäre es abwegig, sich dafür zu interessieren. Charlotte hingegen konnte sich nicht vorstellen, was ihr eine häusliche Idylle mit einem Mann bringen sollte, der keinerlei Interesse für den sozialen Wohnbau der Zwischenkriegszeit aufbrachte.

Was man von Jens ja gar nicht behaupten konnte. Trotzdem: Er hatte Vereinnahmungstendenzen. Und wenn Charlotte etwas abschreckend fand, dann waren es Versuche, in ihre Lebensautonomie einzugreifen.

Sie will nächste Woche ins Waldviertel fahren, berichtete Sophie, die gerade mit Hanna telefoniert hatte.

Wer?, fragte Tommy zerstreut.

Meine Mutter.

Na und?

Hanna hat sie gefragt, ob sie am Mittwochabend babysitten kann. Aber sie sagt, nein, da ist sie im Waldviertel. Mit Ingrid. Warum müssen zwei alte Schachteln um diese Jahreszeit ins Waldviertel fahren?

Was ist so schlimm daran?

Na ja, Hanna macht doch diesen Seidenmalkurs. Der ist immer Mittwoch abends. Und Christoph ist diesmal in München. Also hat sie gehofft, meine Mutter –

Soll sie halt einen anderen Babysitter anheuern, unterbrach Tommy gelangweilt.

Wollte sie ja. Mich.

Tommy schaute sie abwartend an.

Bist du wahnsinnig?, sagte Sophie schnell. Ich arbeite den ganzen Tag. Das reicht. Und ich halte Mia sowieso nicht aus. Hysterischer Fratz.

Ich meinte einen Babysitter, der's für Geld tut, sagte Tommy.

So einen will sie aber nicht. Angeblich bleibt Leon nicht bei fremden Leuten.

Ja dann, sagte Tommy und griff nach der Fernbedienung.

Doch Sophie redete weiter.

Okay, mein Mitleid hält sich auch in Grenzen. Soll sie halt einmal aufs Seidenmalen verzichten, die dumme Nuss. Ist sowieso pure Materialvergeudung. Trotzdem frage ich mich, was meine Mutter und Ingrid im Waldviertel wollen.

Lass sie doch, sagte Tommy. Geht uns doch nichts an.

Na hör einmal, vielleicht fackeln sie ja das Haus ab.

Warum sollten sie?

Was weiß ich. Weil sie alt und ungeschickt sind. Weil sie schlecht sehen. Weil sie ... Keine Ahnung. Oder sie vergessen, die Haustür abzuschließen.

Und?

Und ein Einbrecher räumt das Haus aus, während sie schlafen.

Tommy lachte. Du solltest Krimis schreiben.

Du verstehst mich nicht, sagte Sophie klagend. Das Haus gehört schließlich Christoph und mir. Sie kann nicht einfach irgendwelche Leute in unserem Haus einquartieren.

Wen meinst du mit irgendwelchen Leuten?

Ingrid.

Ingrid ist eine Freundin von ihr, oder?

Genau. Was hat sie in unserem Haus verloren? Habe ich sie eingeladen?

Was ist das Problem?

Ach, ich finde es einfach nicht gut, wenn zwei alte Weiber ganz allein in einem Haus im Waldviertel sitzen. Du weißt, da sind keine Nachbarn gleich nebenan.

Tommy seufzte. Du machst dir zu viele Gedanken.

Ja, vielleicht, sagte Sophie.

Aber Charlottes Vorhaben ließ ihr keine Ruhe, deshalb besprach sie es wenig später mit Christoph. Sie kamen überein, dass es notwendig war, ein ernstes Wort mit Charlotte zu reden. In ihrem Interesse!, sagte Sophie. Und fügte hinzu: Schlimmstenfalls musst du sie wirklich daran erinnern, dass es unser Haus ist, nicht ihres.

Ich?, fragte Christoph erstaunt. Ich hab gedacht, du redest mit ihr.

Warum ich?

Warum du nicht?

So ging es eine Weile hin und her, ohne Ergebnis. Hanna

machte sich erbötig, Charlotte ins Gebet zu nehmen, doch das wollten sie nicht. Am Ende blieb es dabei, mit Charlotte musste geredet werden. Aber noch war nicht klar, wer von ihnen diese undankbare Aufgabe schultern sollte.

Erst Hanna. Und jetzt Jens. Hanna hatte richtig beleidigt geklungen. Du fährst ins Waldviertel? Als wäre das ein extravagantes Vorhaben.

Sie hatte von Anfang an versucht, Christoph und Hanna zu vermitteln, dass sie bei aller Liebe zu ihren Enkelkindern keine hauptberufliche Großmutter werden wollte. Das musste erlaubt sein, hätte man meinen können. Aber immer wieder gaben die beiden ihr das Gefühl, sie sollte ein schlechtes Gewissen haben, wenn sie nicht jederzeit und auf Abruf zur Verfügung stand. Hannas Eltern waren exkulpiert. Die waren hauptberuflich auf Reisen und irgendwie wurde das als ihre artgerechte Lebensform akzeptiert. Charlotte hingegen, ohne Ehemann, nur mit einem Freund, war anscheinend als treusorgende Oma vorgesehen gewesen.

Dann muss ich aufs Seidenmalen verzichten! In zutiefst gekränktem Ton, Vorwurfsstufe vier auf einer fünfteiligen Skala. Als gehe es um etwas wirklich Wichtiges. Konnte Hanna nicht wenigstens etwas Gescheites lernen, wenn sie unausgelastet und unerfüllt war? Warum hatte sie nicht studiert und einen Beruf ergriffen, der ihr Freude machte? Wie kam es, dass sich eine Tochter aus einer einigermaßen gebildeten Familie damit zufriedengab, Sprechstundenhilfe zu werden und lustlos bloß Teilzeit zu arbeiten, ehe sie, kaum dass sie Mutter wurde, jede Erwerbstätigkeit einstellte?

Allerdings war auch Hannas Mutter kein Kerzenlicht. Da war es vielleicht kein Wunder, wenn die Tochter ihren Ehrgeiz ins talentlose Bepinseln wehrloser Seide mit floralen Merkwürdigkeiten legte.

Charlotte hatte nie zu den Müttern gehören wollen, die enttäuscht waren, wenn die Kinder nicht so lebten, wie sie es sich vorgestellt hatten. Vor allem hatte sie beschlossen, sich nicht in die Parterwahl ihrer Kinder einzumischen (hoffend, dass Sophie und Christoph keine allzu beängstigenden Vorlieben an den Tag legen würden). So gesehen hatte sie keinen Grund zum Meckern. Weder Hanna noch Tommy strapazierten ihre Toleranz über Gebühr. Theoretisch. Praktisch ging ihr Hanna, diese verwöhnte Tochter, die sich selbstverliebt als fürsorgliche Hausfrau und Mutter inszenierte, auf die Nerven. Und es kostete sie nicht wenig Mühe, Interesse und verwandtschaftliche Zuneigung zu heucheln, wenn sie mit Hannas Eltern zusammensaß und der detaillierten Schilderung ihrer luxuriösen Reisen zu den Hot Spots des gehobenen Tourismus lauschte.

Und dann Jens. Du fährst weg? Mit Ingrid? Warum mit Ingrid? Mein Gott, sie war mit Ingrid schon weggefahren, lange bevor sie Jens kannte, und sie hatten es immer lustig miteinander. Was sprach also dagegen, wieder einmal mit einer unterhaltsamen Freundin unterwegs zu sein statt mit einem Liebhaber?

Sie hatte Jens vor drei Jahren kennengelernt, ganz konventionell, durch gemeinsame Bekannte, bei einem Abendessen. Jens und sie waren ohne kupplerische Absicht eingeladen worden, aber sie hatten auf Anhieb Gefallen aneinander gefunden. Jens war Historiker, geschieden, auch seine Kinder erwachsen. Charlotte sah sich und ihn als ein Paar, das glücklicherweise nicht durch einen gemeinsamen Alltag aneinander gekettet war. Jens hingegen definierte Paare als monolithische Gebilde – vor allem, seit er nicht mehr an der Universität war und sich ereignislose Stunden vor ihm dehnten, in die Charlotte Schwung und Farbe bringen sollte.

Er war nicht Charlottes erster Freund seit ihrer Scheidung, und auch nicht der erste, der beklagte, dass sie zu wenig Zeit für ihn habe. Früher hatte sie mit Gegenklagen über die Verständnislosigkeit ihrer Liebhaber reagiert, die nicht einsahen, dass sie mit Beruf und Kindern ohnehin mehr als ausgelastet war. Jens war der erste, der nicht mit einer Vielzahl von Pflichten konkurrieren musste, sondern mit ihrem immer stärker werdenden Vergnügen an Eigenbrötelei. Wozu in seinen Augen auch Ausflüge mit Ingrid gehörten.

Ich erwarte ja nicht, dass du Ingrid links liegen lässt, hatte Jens gesagt. Aber im Zweifelsfall sollte dir doch meine Gesellschaft lieber sein als ihre!

Woher nahm er diese Überzeugung?

Sophie hatte Angst um Charlotte, seit Maries Mutter über Nacht gestorben war, als sie 15 waren. Sie erinnerte sich gut, wie die Klassenvorsteherin ihnen mitgeteilt hatte, warum Marie fehlte, und sie aufforderte, rücksichtsvoll zu sein, wenn sie wieder in die Schule komme. Sophie wusste noch, wie der Boden unter ihren Füßen schwankte, als ihr schlagartig bewusst wurde, wie bedroht ihr vermeintlich sicheres Leben war. Heute rot, morgen tot. Vor drei Tagen war sie bei Marie zu Hause gewesen, und Maries Mutter hatte ausgesehen wie eine, die noch viele Lebensjahre vor sich hatte, munter, gesund, lebendig. Nichts hatte darauf hingedeutet, dass sie zwei Nächte später an irgendeiner inneren Blutung sterben würde, schnell und unbemerkt.

Später hatte sich Sophies Entsetzen wieder gelegt und sie hatte gelernt, ihre Furcht zu verdrängen. Aber jetzt war Charlotte alt, und man musste sich mit dem Gedanken vertraut machen, dass ihr Ablaufdatum näher rückte. Sophie wusste, eines Tages würde es so weit sein, und sie bangte vor dem Moment, in dem es passieren würde und den sie nicht vorhersehen konnte.

Wenn Charlotte das Telefon überhörte und demzufolge nicht abnahm, hatte Sophie panische Fantasien von einer gestürzten, durch einen Schlaganfall hingestreckten Charlotte, hilflos in ihrer Wohnung. Manchmal ertappte sie sich bei dem Wunsch, das alles solle schon vorbei sein. Die Angst. Der Schrecken. Charlottes Tod.

Tanias Mutter hatte Parkinson und war zum Pflegefall geworden. Charlotte war ein ganz anderer Typ als Tanias Mutter, aber das schützte sie nicht vor einem ähnlichen Schicksal. Und es schützte Sophie nicht vor Tanias Schicksal. Sophie wollte nicht pflegen. Sie wusste nicht einmal, ob sie hegen wollte, deswegen zögerte sie, Kinder in die Welt zu setzen. Mia ging ihr auf die Nerven, Leon nicht so sehr, der war süß, aber nach einer Weile – einer sehr kurzen Weile, wenn sie ehrlich war – fühlte sie sich erleichtert, wenn Hanna ihn ihr wieder abnahm. Ihre eigenen Kinder würde sie gerne um sich haben, wurde ihr immer versichert, aber sie hatte ihre Zweifel. Was, wenn ihr ein eigenes Kind genauso auf den Geist ging wie Mia? Zurückgeben war bekanntlich keine Option.

Immerhin hatte die Kinderpflege einmal ein Ende. Kinder wuchsen heran und wurden selbständig. Vermutlich hielt man die Windelscheiße durch, weil man wusste, es blieb nicht so. Fürs Kinderpflegen wurde man belohnt. Man investierte Pflegemühen, und die Rendite waren gesunde Kinder.

Altenpflege rentierte sich so gesehen nicht. Man pflegte und pflegte, aber heraus kam kein gesunder, sondern ein immer kränkerer Mensch. Was für ein Frust. Sophie konnte sich nicht vorstellen, dass sie ihn ertragen würde.

Tanias Mutter war in einem halbwegs guten Pflegeheim untergebracht, das kostete Länge mal Breite, sagte Tania. Trotzdem war sie, abwechselnd mit ihrer Schwester, jeden zweiten Tag dort, um nach dem Rechten zu sehen und ihrer Mutter an die Hand zu gehen, zum Beispiel beim Essen und bei der Körperpflege. Die Pflegerinnen erwarteten, dass die Familie sich kümmerte und mithalf, sagte Tania, arme Alte, die von ihren Angehörigen nicht regelmäßig besucht wurden, vegetierten mehr oder weniger vor sich hin, man versorgte sie gerade mit dem Nötigsten.

Sophie hatte abzuschätzen versucht, wie lange Charlottes Reserven für ein halbwegs gutes Pflegeheim reichen würden, war aber zu keinem Ergebnis gekommen.

Natürlich konnte man Krankheiten wie Parkinson durch eine vorsichtige Lebensweise nicht abwenden, aber dennoch fand Sophie, dass Charlotte verpflichtet wäre, keine unnötigen Risiken einzugehen. Alte Menschen konnten zumindest versuchen, das in ihren Kräften Stehende zu tun – respektive zu unterlassen –, um so fit und unversehrt zu bleiben, wie es ihnen nur möglich war. Alles andere war unverantwortlich und rücksichtslos.

Charlotte war bei Christoph und Hanna zum Abendessen eingeladen, sie brachte Mohnöl aus dem Waldviertel mit und kleine Geschenke für die Kinder. Leon und Mia wurden konservativ erzogen, Leon ließ gern Spielzeugautos unter Gebrumm und Gejohle in Bausteintürme donnern und Mia steckte meist in Rüschenkleidchen, in denen sie sich stolz drehte und wendete, wenn die Familie sie mit lauten Ahs und Ohs bewunderte. Charlotte verstieß ab und zu gegen die Geschlechterregeln, hatte es aber aufgegeben, Leon für Puppenbügeleisen und Mia für Autos interessieren zu wollen. Am liebsten schenkte sie Bücher, aufwendig gestaltet, mit schönen Bildern und kindgerechten Texten von literarischer Qualität. Sie kaufte sie in einem noblen Innenstadtgeschäft, das auf pädagogisch wertvolles Spielzeug spezialisiert war und ihr die Einkäufe kunstvoll verpackte.

Schade um das schöne Papier, sagte Hanna, als es die Kinder brutal von den Büchern fetzten.

Zumal du die Verpackung sicher extra gezahlt hast, sagte Christoph grinsend zu seiner Mutter.

Hab ich nicht, verteidigte sich Charlotte. Das gehört in dem Laden dort zum Service.

Ich bitte dich, sagte Christoph, die holen sich das doch herein mit ihren Preisen.

Er hob abwehrend die Hand, um Charlotte an einem Einwand zu hindern. Ja, ich weiß, bei Büchern geht es nicht, aber dafür ist alles andere umso teurer. Seien wir ehrlich, Mama, du hast eine Vorliebe für räuberische Geschäfte.

Woraus schließt du das?, fragte Charlotte entrüstet.

Christoph lachte. Wer geht denn ins Elektrofachgeschäft, wenn er eine Leuchtstoffröhre braucht, statt zum nächsten Baumarkt zu fahren?

Ich, sagte Charlotte, und ich stehe dazu! Beim Elektrohändler tauschen sie mir die alte Röhre ruckzuck gegen die richtige neue aus. Im Baumarkt irre ich eine Ewigkeit verzweifelt herum.

Na ja, sagte Christoph und lachte wieder. Wenn du dir's leisten kannst.

Als Charlotte gegangen war, hob Hanna die Bücher auf, die die Kinder neben den Couchtisch geworfen hatten, und fragte: Hat sie eigentlich immer schon auf großem Fuß gelebt?

Wer? Meine Mutter? Du findest, sie lebt auf großem Fuß?

Das findest du doch auch, sagte Hanna.

Christoph dachte nach. Ich weiß nicht, sagte er dann. Sie ist vielleicht nicht besonders sparsam. Aber es ist ja auch ihr Geld, das sie ausgibt.

Ich frage deswegen, sagte Hanna, weil ein plötzlicher verschwenderischer Umgang mit Geld ein erstes Anzeichen von Demenz sein kann.

Für die Kinder fügte sich ein Mosaiksteinchen zum anderen. Charlotte war alt. Charlotte war eigensinnig. Charlotte wurde wunderlich. Auch Jens sagte, er kenne sich oft nicht mit ihr aus. Sie riefen Jens an, weil sie Charlotte nicht erreichten, und Jens sagte, sie sei nicht bei ihm, und er erwarte sie auch nicht. Möglicherweise sei sie in diese Ausstellung in der Albertina gegangen, die sie unbedingt sehen wollte. Aber warum geht sie nicht mit dir hin?, fragte Sophie, und Jens antwortete: Ich verstehe es auch nicht.

Für Sophie wäre es eine Beruhigung gewesen, wenn Charlotte mit Jens zusammengezogen wäre, sie hätte sie dann in halbwegs sicherer Obhut gewusst. Hanna und Christoph dagegen fanden es befremdend, dass Charlotte in ihrem Alter noch Interesse an Männern hatte. Wäre es nicht näherliegend gewesen, dass sie sich mehr um ihre Enkelkinder gekümmert hätte, statt mit einem Liebhaber durch die Gegend zu ziehen?

Mit ihrer Mutter konnte man das nicht vergleichen, sagte Hanna. Ihre Mutter war mit ihrem Vater seit fast vierzig Jahren verheiratet – klar war sie mit ihm zusammen, aber doch nicht aus Interesse an ihm!

In punkto Geld war Charlotte irgendwie unberechenbar geworden. Einmal warf sie es geradezu zum Fenster hinaus (die neue Designerlampe in ihrem Wohnzimmer musste ein Vermögen gekostet haben), dann zeigte sie sich wieder unerwartet knausrig. Als Hanna und Christoph ihr klarmachten, dass sie das Haus im Waldviertel nicht mehr so ohne Weiteres benutzen durfte, reagierte sie mit kindischem Trotz. Sie drohte, die anstehende Dachreparatur nicht zu bezahlen und sämtliche Einziehungsaufträge für Strom, Wasser und Müllabfuhr zu stornieren.

Weiß man eigentlich, wie es um die Finanzen von diesem Jens bestellt ist?, fragte Hanna eines Abends, als sie zusammensaßen. Ich meine, vielleicht füttert sie den ja die ganze Zeit durch. Ich will euch nicht gegen sie aufbringen, aber es ist euer Erbe, das sie verprasst.

Sie stimmten überein, dass es am vernünftigsten wäre, wenn Charlotte ihnen ihre Wohnung überschriebe. Selbstverständlich würden sie sie weiter darin wohnen lassen, doch für den Fall, dass sie einmal Pflegezuschüsse aus öffentlichen Mitteln brauche, könne der Staat sich nicht an ihrem Immobilienbesitz schadlos halten. Alle machen das so, Mama, sagte Christoph, da ist gar nichts dabei.

Aber Charlotte verweigerte ihre Einwilligung. Der Alterssstarrsinn, den Christoph ihr im Scherz diagnostiziert hatte, schien ein zutreffender Befund zu sein.

Dann wurde Charlotte in einen Autounfall verwickelt. Sie habe einen Unfall *gebaut*, sagte Christoph, als er darüber sprach, aber eigentlich stimmte das nicht, denn Charlotte traf kein Verschulden. Ein Neunzehnjähriger, in einer Kolonne im Stadtverkehr hinter ihr, schon die ganze Zeit drängelnd, scherte plötzlich rechts aus und schrammte beim Überholen an der Beifahrerseite ihres Wagens entlang. Glücklicherweise kam kein Mensch zu Schaden, aber die Autos waren einigermaßen ramponiert.

Sophie war außer sich vor Entsetzen. Mama!, schrie sie, als sie zu Charlotte eilte, nachdem sie davon erfahren hatte. Ich bitte dich, gib das Autofahren auf! Das ist zu gefährlich für dich, du schaffst das nicht mehr.

Charlotte verwies auf ihre Schuldlosigkeit.

Vielleicht warst du ja auch zu langsam, sagte Tommy. Zu langsam ist genauso schlecht wie zu schnell. Das macht ältere Autofahrer so gefährlich, dass sie immer so dahinschleichen. Da verliert man leicht die Geduld hinter ihnen.

Seltsam: Ihre Kinder finden, sie sei zu alt zum Autofahren (was sie seit fast fünfzig Jahren gewöhnt ist und mühelos beherrscht), aber nicht alt genug, um von ihnen Nachsicht für elektronische Tollpatschigkeit erwarten zu dürfen. Warum hast du denn nicht, fragt Christoph ungeduldig, das weiß man doch, sagt Sophie gereizt, so benütz doch deinen, ruft Christoph verzweifelt, du hast kein Update gemacht, stöhnt Sophie, wieso muss ich dir das erklären, jeder Idiot kennt sich damit aus, seufzt Christoph. Sie reden mit ihr wie mit einer Analphabetin, weil sie nicht auf dem neuesten Stand ist, allerdings weigern sie sich, sie zu alphabetisieren. Sie sehen in ständiger elektronischer Fort- und Weiterbildung eine Bringschuld von ihr. Dass sie keine Lust dazu hat, gilt nicht. Dass sie listig ihr Alter ins Spiel bringt, auch nicht. Sie meinen, der Umgang mit Computern sei altersunabhängig total einfach. Dabei machen auch sie immer wieder Fehler, das ist offensichtlich. In Wirklichkeit erklären sie ihr nichts, weil sie sich nicht auskennen. Sie sind geschickter darin, sich neue Nutzungsmöglichkeiten anzueignen, aber was dahinter steckt, wissen sie auch nicht. Dass sie altersbedingt weniger geschickt ist, billigen sie ihr nicht zu. Sie bestimmen, was sie aus Altersgründen nicht mehr können kann und was sie trotz ihres Alters können muss. Sie rechnen ihr ihr Alter vor, aber sie denken nicht daran, wie wenig Zeit ihr noch bleibt. Warum vermiesen sie ihr diese kurze Zeit, statt zuzulassen, dass sie für sich das Schönste daraus macht?

Charlotte war nicht wirklich beunruhigt, wenn ihr ein Name nicht einfiel. Das passierte vielen, auch Jüngeren. Vielleicht kam es öfter vor als früher, dass sie eine Weile warten musste, bis ihr der Name (oder der Filmtitel oder der Buchtitel), nach dem sie vergeblich gesucht hatte, von selber wieder in den Sinn kam. Aber das musste nicht unbedingt etwas bedeuten.

Manchmal hatte sie einen Ausdruck nicht parat. Das erschien ihr schon eher beängstigend. Dieses Kleid versteckt, dass ich zwei Kilo zu viel habe, sagte sie zum Beispiel, doch in Wahrheit hatte sie nicht *versteckt* sagen wollen, sondern ein anderes Wort, von dem sie wusste, dass sie es passender fand, nur durchforstete sie ihr Hirn gerade vergeblich danach. (Im Internet hätte sie nach Synonymen suchen können, aber wer sucht schon mitten in einem Gespräch nach Synonymen im Internet?) Ihr war klar, je verzweifelter sie in ihrem Gedächtnis nach dem vergrabenen Wort fahndete, desto weniger Chancen hatte sie, es aufzustöbern.

Dennoch ließ sie sich in ihrem Redefluss beirren und war unkonzentriert, als sie weitersprach, parallel immerzu auf der Suche nach dem entfallenen Wort. Erst viel später, als sie längst aufgegeben hatte, tauchte es auf: kaschieren. Sie hatte *kaschieren* sagen wollen. Das waren Momente, in denen sie sich fragte, ob sich so möglicherweise auch ein dauerhafter Verlust von passenden Wörtern ankündigte und wie schnell er fortschreiten würde, nachdem er einmal eingesetzt hätte. Darüber sagte sie zu niemandem etwas.

Auf dein Wohl, mein Augenstern! Jens hob sein Glas und prostete ihr zu. Er sagte *Augenstern* zärtlich, mit liebevoller Ironie.

Sie waren im Kino gewesen und saßen jetzt in einem kleinen libanesischen Lokal, das Jens vor Kurzem entdeckt hatte. Charlotte lächelte ihm zu, sie fühlte sich heiter und unbeschwert.

Übernachtest du bei mir?, fragte Jens. Ja, antwortete sie und streichelte über seine Hand, ja, natürlich.

Als sie am nächsten Morgen heimkam, saßen Sophie und Hanna in ihrem Wohnzimmer, bleich und aufrecht. Gott sei Dank, sagte Sophie, als Charlotte durch die Tür trat. Hanna fügte hinzu: Wir wollten gerade zur Polizei gehen.

Warum?, fragte Charlotte verständnislos.

Sophie brach in Tränen aus. Du warst nicht erreichbar!

Unsinn, sagte Charlotte.

Sophies Stimme schraubte sich in schrille Höhen. Unsinn? Was heißt Unsinn? Wir haben dich hundertmal angerufen. Wir haben dir zahllose sms geschickt. Aber du hast nicht reagiert.

Komisch, sagte Charlotte verwundert und holte ihr Handy aus der Tasche. Sie sah auf das Display, dann lachte sie. Ich hab auf lautlos gestellt, weil wir im Kino waren.

Und danach?

Danach hab ich vergessen, wieder auf laut zu stellen.

Und die SMS?

Ich hab nicht nachgeschaut.

Du schaust stundenlang nicht auf dein Handy?

Ja. Es war Nacht.

Ich war halbtot vor Sorge!, schrie Sophie.

Warum hast du nicht Jens angerufen?, fragte Charlotte.

Hab ich. Der hat auch nicht reagiert.

Ach ja, sagte Charlotte. Der hat sein Handy überhaupt ausgeschaltet vor dem Film.

Sie lachte wieder, aber weder Sophie noch Hanna waren gewillt, ihrem Vergehen etwas Komisches abzugewinnen.

Gedankenlos! Lieblos! Verantwortungslos! Wie konnte sie auch noch darüber lachen! Die Strafpredigt nahm kein Ende.

Charlotte sank auf einen Stuhl.

Jetzt im Ernst, sagte Hanna, vielleicht solltest du einmal zum Arzt gehen.

Warum?, fragte Charlotte.

Ich will dich nicht beunruhigen, sagte Hanna. Aber diese Vergesslichkeit ist nicht normal.

Charlotte erzählte gern den Witz vom Rabbi, der in einem Streitgespräch über den Beginn der menschlichen Existenz (Verschmelzung von Ei- und Samenzelle? Einnistung des befruchteten Eis in der Gebärmutterschleimhaut?) mit einer neuen Definition aufwartet. Er sagt: Das menschliche Leben beginnt, wenn die Kinder aus dem Haus sind und der Hund tot ist.

Daran musste Charlotte denken, als sie am Fenster stand und auf die Straße blickte. Schöner Satz. Aber der Rabbi irrte sich. Sie fühlte einen kleinen, kühlen Schauer über ihren Rücken laufen. Demnächst würde man sie fragen, wie der Bundespräsident heiße, und sie auffordern, in Siebenerschritten rückwärts zu zählen. Der Test, zu dem das gehörte, hieß *Mini Mental Status Examination*. Aber das zu wissen, würde ihr vielleicht nichts nützen.